한상준 소설집

* 이 책은 문화체육관광부와 (재)전라남도문화관광재단의 기금을 보조받아 발간되었습니다.

한상준소설집

푸른농약사는 푸르다

2019년 1월 21일 제1판 제1쇄 발행

지은이   한상준
펴낸이   강봉구

펴낸곳   작은숲출판사
등록번호   제406-2013-0000801호
주소   경기도 파주시 신촌로 21-30(신촌동)
전화   070-4067-8560
팩스   0505-499-8560
홈페이지   http://cafe.daum.net/littlef2010
이메일   littlef2010@daum.net

ⓒ한상준

ISBN 979-11-6035-058-6   03810
값은 뒤표지에 있습니다.

한상준 소설집

푸른농약사는 푸르다

작은숲

차례

농민

―. 밀 밟아주고 잠시 앞산을 보다

입춘도, 우수도 지났다. 소한에 얼었던 얼음 대한에 녹는다지만, 산등성 응달로는 잔설이 드물지 않다. 바람 끝이 여전히 맵다.

"어여 가세이잉."

아내, 경숙이 나설 기미가 없다. 말린 엿기름을 방앗간에서 빻아오고 독에 담느라, 점심나절부터 분주하다.

"아, 해, 자빠져 불 것네."

재촉한다. 밀밭이 넓다.

"부얼부얼한 털옷 입제는 그라요."

경숙이 이내 마당으로 나서며 옷깃을 여민다. 창고에서 연장 정리하다 속에서 열이 나 겉옷을 벗어 났다. 녹이 탱탱 슨 연장과 손때 절은 자루를 만지작거리며 오늘의 농민들 처지처럼 느껴져 미안함과 서러움이 들었던 게다.

"뽑다 보믄 땀, 안 나것능가?"

하면서도, 창고로 가 겉옷을 걸치고 나온다.

"옷이 날개요, 야."

한복을 즐겨 입어 왔던지라 어색하기도 했다.

"두툼혀서 등짝에 땀띠 나불것네."

겨울 막 들 무렵, 큰애가 사서 보내준 옷이다. 모자에 붙은 털이 걸렸지만 좋으며도 좀 쑥스러웠다.

"아덜이고 어른이고 죄다 그런 옷 입고 안 댕깁디요."

"유행 타고 그럴 나이인가, 시방."

"젊어 보인다고 시비 걸 사람도 읎지라아."

"여그 요로케 털이 부숭부숭헌 게 쪼깐 그러네이. …어여, 앞 스소."

자식에게서 뭘 받는 일이 아직 익숙하지 않은 속내였다.

"녹차 담은 보온 뱅을 광이다 놓고 나와 부렀네. 당신 먼첨 나스씨요."

"엎어지면 코 닿을 딘디 항꾸네 가제, 머."

해는 아직 중천에 있지만 밀밭은 이천오백 평이다. 오늘이 사흘째다.

"서둘지럴 말던가."

경숙이 보온병을 들고 새실새실 한 마디 건네며 앞선다. 집 옆으로 난 길 따라 숨 한 번 깊게 들이마셨다 뱉으면 닿을 데에 밀밭이 있다. 백구와 황구, 두 마리도 꼬리를 흔들며 따라 나선다.

어제 오늘 사이, 밀싹이 키를 더 키운 듯 한층 푸르다. 입춘 전부터 밟아줘야지 하다가도 앞선 일에 밀린 밀밟기다. 올 겨울은 눈이 적게 내렸다. 눈이 보리 이불이라지만 밀의 이불이기도 하다. 덮어주고 밟아줘야 했다.

대여섯 살 무렵, 보리밟기할 때가 떠오른다. 마을에서 밀농사를 지었던 집은 없었던 것 같다. 어제는 우리집, 오늘은 아랫집 보리밭을 번갈아 밟고 다녔다. 할아버지 말씀이, 꽉꽉 눌러줘야 보리를 더 많이 거둘 수 있다고 했다. 그땐 왜 그러는지 알 수 없었다. 그저, 오랜만에 보리밭에서 뛰노는 놀이였다. 보리농사를 몇 해 짓고서야 두텁게 밟아줘야만 땅속의 벌어진 틈새가 좁아져 뿌리가 얼지 않는다는 걸 알게 되었다. 밀밟기도 다르지 않았다. 꽉꽉 눌러 두텁게 밟아줘야만 얼지 않고 뿌리의 생장점이 자극 받아 새 줄기가 생겨난다는 걸 터득했다. 줄기가 늘어나고, 그 줄기에서 이삭이 더 뺐다. 수확량 또한 당연히 많아졌다. 밀밟기도 세태에 따라 변했다. 트랙터에 롤러를 달아 밀밭을 밀었다. 고령인 농민들이 밀밟기에 나서지 않았다. 밀밟기에 나설 젊은 사람마저 거의 없다. 아내와 단 둘이 이천오백 평 밀밭을 꾹꾹 밟아주려니, 일주일은 족히 매달려야 했다.

"오메, 오늘은 더 널찍허게 보이요, 이."

"그믐까장은 혀얄 것 같으네. 요로케 볿다간."

보리밟기와 밀밟기가 2월의 주요 농사일이다. 보리 수매가 거의 막힌 뒤부터는 보리를 파종하지 않았다. 2월 보리밟기는 이제 옛적 일이 되었다. 밀농사 짓는 농가는 해마다 늘었다. 쌀 소비는 줄면서 밀 소비는 늘고 있어서다. 국민 1인 연간 밀 소비량이 쌀 소비량의 반이라고 한다. 제 2의 주식이라 여기고 있고, 그렇게 부를 만하다. 함에도 거의 전량 수입에 의존하고 있다. 명맥을 유지하던 밀 생산마저 거의 끊긴 건 1984년 수매 중단 이후부터였다. 가톨릭농민회가 우리밀살리기운동을 벌였다. 재배 농가 확산에 앞장서 왔다.

햇수로 26년째다. 결혼하고 3개월 뒤 고향으로 내려온 게 1982년 초였다. 9대째 살다가 할아버지 돌아가시고 10여년 비워두었던 집 여기저기를 고치고 정착하느라 그럭저럭 1년이 지난 이듬해 뒷산을 개간해 밭 오천 평을 일궜다. 큰애가 초등학교 입학하던 해인 1989년부터 한 해도 거르지 않고 이천오백 평에 우리밀을 심었다. 우리밀 종자 구하기도 어려웠던 때였다. 오늘 따라 경숙의 말처럼 밀밭이 커 보인다.

"어제 모냥 한 번 뽑아보씨요."

오천 평 밭 절반의 경계를 이루는 소나무 밑둥치에다 보온병을 내려놓으며 경숙이 우스개처럼 건넨다. '한 번 뽑아보'라는 건 '나, 이제 노래 부를 흥이 돋아 있다'는 경숙의 에두름이다.

"당신이 먼첨 뽑아보제."

"그러께라."

가락이 흥겹다. 밭일을 이렇게 시작하곤 했다.

"요 며칠 새, 하도 들어서 그만 입에 붙어 불었제라."

"허허, 당신은 안즉도 청춘인갑소."

노랫말이 '사랑하기, 딱 좋은 나인데…' 어쩌고, 한다.

"당신 차례요."

〈농가월령가〉 정월령 한 대목을 읊는다.

"에고, 에고, 귓구녕도 싫타 허요."

경숙이 산자락 동쪽 편 밀밭을 밟아 나간다. 앞산, 활성산이 오늘 따라 아내의 수다에 웃음을 지어 보이는 듯 가깝고 맑다.

　ㅡ. 물푸레나무로 자루를 만들다

　삼월 추위가 장독을 깬다지만 그래도 춘삼월이다. 햇볕에 따스함이 배여 있다. 경숙이 마루에 걸터앉아 해바라기 하고 있다. 앞산, 활성산을 건네 보는 경숙의 눈빛이 햇볕의 온기만큼 은근하다. 마당으로 들어서다 경숙을 하뭇이 건네 보느라 등짐 무거운 줄 모른다. 겨우내 얼지 말라며 땅속에 묻어둔 무를 캐왔다.

"자루 부러진 괭이 어디다 뒀소?"

토방에 등짐을 부리며 부러진 괭이자루 바꿔달라던 두 달 전 경숙의 청을 떠올린다.

"낭구는 잘라 놨다요?"

"놔둔 게 있제."

연장 창고에 세워둔 막대기가 잘 말랐던 걸 어제 봐뒀던 게다.

"괭이자루 껴 달라 헝 게 은젠디, 인자사."

"작년 가실에 비어다 놔뒀는디 좀 더 몰라야 쓰겄다 싶어 그랬
제."

"지난 번이도 읍내 나간다 혔을 적에 상설시장 생선전 좀 들
렀다 오시오 혔등만, 까먹고 오고 그리서 이참에도 그런갑다, 혔
제."

"…."

생각을 늘상 거기에다 두고 사는 것도 아니잖는감, 하려다 입을
다문다.

"인자, 일 좀 쭐이제는."

"그라고 자픈디 맘대로 되능가?"

들어도 한 쪽 귀로 흘려버릴 만큼 총기마저 떨어졌다.

"동춘 아재, 저녁참에 읍내서 보자등만 어쩔라요?"

"또 전화했등가. 못 나간다 혔는디."

우리밀영농조합 사업과 관련해 이야기 나눌 게 있다며 읍내에
서 저녁참에 만나자는 연락을 받았다. 마다했다. 이 일 저 일, 후
배들에게 넘겨주고 뒤로 빠질 나이다. 후배들 하는 일을 뒤에서

지켜주고 북돋우는 울타리 역할이 이제는 마땅하다. 허나, 어려운 상황이다. 농민운동 하는 후배들 아니 젊은이들이 농촌에 몇 없다.

"자루로 쓸만헌 물푸레가 어디 있습뎌?"

"개똥도 쓸라먼 안 보이듯 선산 묏등 지킬 것들만 있드란 말시."

집 뒤, 산자락에 물푸레나무가 듬성듬성 자랐다. 물푸레나무 중 매끈한 막대기 하나 찾아내기가 애써 힘들었다는 걸 굳이 드러내느라 '휘어진 나무가 선산 지킨다'는 속담을 아재개그처럼 끌어다 써보는 입담이다.

"수작도 인자 많이 늘었소야, 하하."

경숙의 웃음이 밀싹처럼 파랗다.

"내 말인즉슨, 괭이자루고, 도끼자루고, 삽자루고 간에 튼실허질 안 허니, 몇 번 쓰다 보면 금시 부러지는 게 연장 자루 아니던가, 허는 말이제. 자루 박아 파는 연장들은 죄다 그 모냥이당게."

"그러게 말이요."

"그런 장삿속으로다가 연장 맹글어 파는 것도 그렇지만, 그걸 그대로 사다 쓰는 농심도 난 여태껏 마땅허지가 안 혔네. 당신이 분질러먹은 그 괭이자루는 노루 몰아 본 막가지처럼 삼 년은 우려먹어도 될 성 싶게 짱짱허길래, 그냥 썼던 것이제."

애당초 자루 박지 않은 연장을 샀다. 쇠로 자루를 만든 삽도, 도끼며 낫도 마다했다. 나뭇짐 져오는 지게도 옛것 그대로다. 날로 쓰는 쇠 부분만 빼면 옛것들은 죄다 나무로 만든 연장이었다. 창고에 걸려 있는 연장들 중 삽, 괭이, 낫, 호미 등속은 연중 쓴다. 손때가 번들번들 짙고, 깊다. 벼농사도 서른 마지기 넘게 짓고 있지만 이앙기, 콤바인, 트랙터 등 농기계를 장만하지 않았다. 벼농사는 기계로 100% 가까이 심고 거뒀다. 농기계는 필요할 때 불러 쓰곤 했다. 언필칭, 일손 없는 농촌에 농기계는 이제 대용이 아니라 필수 장비였다. 비용 절감과 편리함을 줬다. 관행농업 하는 농민들 대부분 농기계로 농사일을 대체했다. 생태농업 하는 농민들 역시 농기계의 유혹을 물리치지 못한다. 소득 작물이 다양하지 않고 여전히 벼농사에서 가장 많은 농가소득을 올리고 있는 게 현실이다. 허나, 농사일 태반은 밭농사다. 밭농사는 애당초 손으로 짓는 손농사다. 농기계 작업이 그만큼 적다. 밭에 작물을 심고 가꾸고, 거둬들이는 데에 여전히 삽, 괭이, 호미 등속이 널리 쓰인다. 오랫동안 그 모양 그대로인 전통의 농구들이다. 질기고 단단한 나무를 자루로 써야 할 이유다. 꾸지뽕나무 자루를 최고로 쳤으나, 귀했다. 근동에선 물푸레나무 자루를 제일로 꼽았다.

　"창고 안쪽, 괭이 걸어두는 디다 뒀는디 못 봤읍뎌?"

　"정신머리 좀 봐. 어지께 거그서 봤는 디도, 글씨."

　"그러케 정신 놓아불면 나는 어찌케 살으라 허요."

　경숙의 시선이 아릿하다.

"당신 생각혀서라도 그리 안 헐 거네."

"그 말 믿소, 이."

새삼, 절박함이 밀려온다.

ㅡ. 장날 벗들과 막걸리를 마시다

이불집에 들른다며 경숙이 가고 국밥집에 든다.

"이녁도 귀는 가렵던 갑제."

한 시간이나 늦었다.

"막, 자네 야그 허고 있었동만."

"핸드폰도 없응게 연락도 안 되고 혀서, 안 올라나 혔네."

매달 17일 장날, 단골 국밥집에서 막걸리 한 잔씩 나누는 오랜 벗들의 모임이다. 두어 사발씩 돌았는지 벌써 낯빛이 붉다.

"퇴비 5톤을 오늘 아니면 갔다 줄 수 없다는디, 워쩌껴."

밀밭에 거름 얹혀 주고 왔다.

"4월 들자마자 뿌렸는디, 자네가 좀 늦고만."

"흰가루병이 쪼깐 비치길래 방제도 허고."

"멀로 혔당가?"

"황토유황 맹글어 썼는디, 잘 듣도만."

"아이고, 후레 삼배라는디 잔에 술도 안 따랐네."

"우체국장 되아분졌네, 나가."

"자, 항꾸네 들제."

"묵념이라도 허고 묵세. 어제가 세월호 뒤집힌 2주기 되는 날 아닌감."

"그렇잖혀도, 잔 듬서부터 그 야그 혔네."

"몇 순배 걸쳐 부렀는디…."

"'나가 쥑였다', 험서나 또 들세."

"그려, 그리 들세."

벗들 모두 가톨릭농민회와 보성농민회의 중심들이다. 몇 안 되는 후배들 다독이며 여전히 치열하게 산다. 말없이 술잔을 든다. 득량 강골마을 오가 화장실 간다며 일어선다. 벗의 눈자위가 어느덧 묽다. 4 · 16, 말만 들어도 울화가 치밀고 부끄럽고, 서럽다.

"…."

"…."

조성 시장리 김, 벌교읍 부용마을 강, 겸백 자포마을 황, 문덕 석동마을 이, 율어 모암마을 장, 보성읍 오서마을 최 그리고 나, 모두 육십의 아홉 수에 있는 정해년 돼지띠 갑계다. 이마 벗겨지고, 배도 나온 벗이며, 거뭇거뭇 죽음버짐 돋은 늙다리 사내들이다. 술잔을 입안에 붓질 못한다. 강골 오가 화장실에서 세면한 듯 물기 묻은 얼굴을 닦으며 나온다.

"아따, 지랄들 허고 자빠졌네, 늙은 것들이. 그럴나면 자리 비워 작것들아. 딴 손님 받을랑게. 장날 대목 깨지 말고. 아, 인나라

농민 15

고, 어서. 빈 자리 읎넌 거 보고 저 아랫집으로 가는 치들 안 보여, 시방."

자리가 비지 않은 것도 아니다. 치우지 않아 어지러운 술상이 두 자리다. 애당초 늙다리들이 주로 찾는, 국밥 파는 선술집이기도 하다. 주방할매 입이 늘 저렇다.

"누님. 예, 앉소."

강골 벗이 할매를 챙긴다.

"아, 자식 죽고 몇 날 메칠 밥 굶고 있는 디서, 젊은 놈으 새끼들은 닭도 처묵고 피자도 처묵고 그라던디. 이 엠병헐 늙은 축들이 어쩐다고 술잔 앞에 놓고 눈물로 잔을 채워, 금메."

겸백 벗이 누님 잔에 소주를 따른다. 누님은 소주만 마셨다.

"크아, 목구녁이 그만, 쌔 허다."

몇 순배 더 돌았다. 침묵이 안주였다.

경숙의 짐 받아 어깨에 걸머진다. 아들 방에 넣어줄 봄 이불이다. 짐은 가벼웠으나, 못박인 마음이다.

"낯빛이 어찌 채, 어둡소."

"…눈 번연히 뜨고 보믄서도…이게, 무신 나라여."

"속 끓이며 마셨것네, 다들."

"그러게 말이시."

벗들 속내인들 모를 경숙이 아니다. 운전대 잡은 경숙이 차를 차분히 믿다.

-. 유월이지만, 여전히 오월광주 속에 살고 있다

오뉴월 겻불도 쬐다 나면 서운한 법이러니, 봄꽃 지고 여름꽃 아직 이른 오월이면 지는 봄꽃마저 아쉽다. 피는 여름꽃 마중하는 눈길 또한 접어야 하는 시절이 유월이다. 불 때던 부지깽이도 거든다는 오뉴월, 농번기다. '비 끝에 볕이 나니 날씨도 맑고 따뜻하다/떡갈잎 퍼질 때에 뻐국새 자로 울고/보리 이삭 패어나니 꾀꼬리 소리 난다/농사도 한창이요, 누에도 제철이라/남녀노소 바삐 나대 집에 있을 틈이 없어/적막한 대사립을 푸르름에 닫았'다는 농가월령가 사월령 한 대목, 그대로다.

온갖 모종내고 씨 뿌리는 오월이다. 가지, 오이, 고추, 토마토, 토란, 호박, 참외를 파종하거나 모종을 냈다. 4월 말에 파종하거나 모종내는 옥수수지만 올해엔 늦어져 오월 초에 모종을 사다 심었다. 상추는 시기 별로 나눠 파종하니 적기가 따로 없다. 상추, 부추는 겨울에도 하우스에서 키우는 집이 없지 않다. 참깨 파종하고 수수와 서리태는 돈 사지 않으려 먹을 만큼만 씨를 뿌렸다. 고구마 모종 심으려 치켜세운 밭고랑 다시 도닥이는 일에도 잔손이 많이 간다. 오이와 토마토 넝쿨이 자라 섶을 만들어줬다. 땅콩은 작년보다 네 도랑 더 심었다. 종묘상에는 해마다 처음 보는 종자가 넘쳐난다. 채종한 재래의 씨앗만 가지고는 밥상이 풍성하지 않다. 새로운 품종 들먹이지 않으면 농사 정보에 어둡다는 소릴 듣기도 한다. 아무려나, 오월 농사 중 제일은 모내기 채비다. 꼼꼼히 준비하고 서두른다. 위탁영농회사에서 모판까지 판매하지만 애당초 사서 쓰지 않는다. 관행농업 하지 않는 농가나 노인들이 짓는 대부분의 농가에서는 못자리판을 만든다. 모가 자리를 제대로 잡아가는지 하루에도 몇 번씩 살핀다. 이른 모내기를 하려면 논에 물 댈 준비도 단단히 해둬야 했다. 날이 점점 더워지면서 병충해도 많아진다. 생태농업 하는 농사꾼들은 유기농 약제를 만들거나 구입하여 방제에 게을리 해서는 안 된다. 방제는 적기, 정량에 맞게 했다. 더도 덜도 어긋나서는 병해를 피하지 못한다. 비온 뒤끝, 햇볕 따뜻해지니 밭고랑이고 논두렁 어디고 빈틈 비집고 풀이 자랐다. 무성하기 전에 한 번 매줬다. 장마 뒤에는 예초기 작업을 해야 한다. 풀은 아무리 속아내도 해볼 도리가 없다. 멀칭 하지 않고 제초제 쓰지 않는 생태농업 하는 농사꾼에게 풀매기는 그냥, 농사일이어야 했다.

발등에 오줌 싼다는 유월 농사 역시 눈코 뜰 새 없다. 감자 캐장에서 돈 사고 도시 피붙이들에게 보냈다. 고추밭 매고, 늦콩 심고, 마늘과 양파 거뒀다. 매실 따서 효소도 담았다. 효소도 가지가 지였으니, 백초 효소까지는 언감생심이다. 논둑, 밭둑 다듬는 일은 장마가 곧이니 빠뜨릴 수 없다. 보리 심지 않아 타작 일 없어 그나마 다행이다. 밀 거두는 건 너무 힘들어 손으로 거두지 않았다. 트랙터를 불렀다. 올해는 밀 수매량이 조금 늘어 밀 재배 농가가 한 시름 놓긴 했다. 농협 수매는 자치단체의 수매 고시 양보다 좀 더 늘려 잡곤 한다. 수매하는 날까지 잘 말려 건조도를 높여야 한다. 제대로 건조하지 않으면 등급에서 밀린다. 우리밀은 우리밀살리기운동본부에서 전량 수매했다. 우리밀을 재배하는 일반 농가의 우리밀도 받았다. 우리밀살리기운동 광주·전남본부의 주된 사업이다. 벼와 논보리 등 까끄라기 있는 종자를 뿌려야 할 적당한 시기가 6월 망종이지만, 비닐 모판에서 모가 10일 정도 빨리 자라는 요즘은 모내기가 망종 이전, 오월 중순부터 말엽으로 앞당겨졌다. 좀 더 일찍 모내기를 하니 병충해를 덜 입었다. 수확도 이르고 그만큼 많아졌다. 모내기는 이제, 남녘에서는 오월 농사일이기도 하다. 오뉴월은 죽은 송장 손이라도 갖다 쓴다는 농번기인 터, 오뉴월 하루 놀면 동지섣달 열흘 굶는다는 옛말이 참으로 무섭게 닿았다.

함에도, 오월이면 오월광주가 있다. 전국 방방곡곡, 처처에서 축제를 여는 계절의 여왕이라지만 오월은 눈물의 계절이기도 하다. 보성역 앞에서 연 5·18, 35주년 기념식에 참석했다. 보성에서 집회가 열리기 시작한 때부터는 광주의 망월에 가지 않았다. 흔히 신묘역이라는 국립묘지에는 발길이 향해지지 않기도 했다. 보성 집회가 열리기 전, 광주 망월에 가더라도 구묘역을 더 찾았다. 35주년 째 맞는 오월광주는 여전히 광주만의 오월로 갇혀 있다.

오월광주는 지금도 진행 중이다. 2003년 멕시코 칸쿤에서 WTO에 맞서 자결한 이경해 농민열사의 죽음과 2005년 WTO 홍콩각료회의 반대 시위에 수백 명의 농민들이 참여하여 바다에 뛰어들고 홍콩 경찰에 붙잡혔던 싸움 역시 쌀 수입을 막겠다는 정부의 말을 믿을 수 없는 농민들의 분노, 오월광주였다. 현 정부는 17만원 대인 쌀값을 21만원 대까지 올리겠다는 대선 공약을 저버렸다. 올해는 도리어 14만원 대로 떨어졌다. 작금에도 농민에게 가해지는 오월광주다.

오월광주는 나의 삶도 바꿔놓았다. 80년 5월, 서울에서 학생운동하다 구속되어 수도군단보통군법회의에서 계엄포고령 위반으로 징역 2년을 선고 받고 복역 중 이듬해 3·1절 특사로 가석방되어 나온 뒤, 나는 고향으로 내려가기로 결심했다. 그해, 박경숙과 결혼하고 3개월 뒤인 1982년 2월, 고향집에 정착했다. 농사를 짓기로 했다. 10여 년 비워뒀던 집을 고치면서 논농사, 밭농사를 시작했다. 논농사는 논농사대로 밭농사는 밭농사여서 버거웠다. 아내, 경숙과 함께 하지 않았으면 어림없는 일이었음을 다시금 깨닫는다. 학생운동과는 달랐다. 삶의 운동이었다. 발 딛고 서 있는 여기, 이 자리에 마땅한 운동을 하고자 했다. 가톨릭농민회에 가담했다. 한 시절, 갈멜수도원에서 3년을 정진한 수도자였다. 지역의 농민회와도 늘 함께 했다. 정부의 농업정책을 따르지 않고 농사짓

는 게 남는 것이라는 현실 확인을 수없이 겪으며 아파했다. 가족
농 중심의 농촌 소농구원론에 몰입했다. 농민 생존권 투쟁에 온몸
을 내밀었다. 인류의 생존이 6인치 깊이의 땅의 표층, 토양층에서
생산하는 모든 먹을거리에 있다는 사실에 전율하며 땅을 살리고
지구를 보존하는 첨병의 역할이 농사라는 인식을 해를 거듭할수
록 견고히 다져갔다. 농사를 지으며 생명과 평화에 대해 늘 고뇌
했다. 마땅히 GMO를 배격하고 생태농업을 했다.

　오월이 가고 유월이다. 민주주의가 후퇴하고 유신의 망령이 되
살아나고 있다. 여전히 또 다른 형태의 오월광주 안에 갇혀 있음
을 상기하지 않을 수 없다.

　ㅡ. 아내에게도 그 말은 못하겠다

　아침나절 한바탕 쏟아지던 소나기 잠시 그은 틈 타, 피 뽑으러
논에 다녀온다. 논두렁에는 비 온 흔적이 없다. 여름 소나기 밭고
랑을 두고 다툰다더니, 옛말이 틀리지 않는다. 마당에도 비는 그
어 있다.

　"그새 논에 갔다오요."

　"요, 며칠 논에 못 나갔드마 피가 그냥 천지시."

　비 오고, 아침나절이라 해도 땀이 온몸에 흥건하다.

　"셋째헌티서 연락 왔습디다."

수건을 건네며 경숙이 마음을 정했나, 묻는다.

"거그는 밤중일틴디, 머 헌다고 또 혔으까?"

"7월 건너고 8월 중순 지나서 오먼, 헙디다."

막내딸이 봄부터 네덜란드에 오라고 재촉했다.

"그려?"

"가기 힘들먼 언능 못간다고 해불제는 그라요."

경숙도 결정을 차일피일 미루는 속내를 짐작하고 있을 터다.

"이래도 서운 저래도 서운헐 것 같아서, 말여."

네덜란드 여행 제의가 반갑고 고맙기도 했다. 허나, 선뜻 응하기가 쉽지 않다. 막내네 가서 짐이 될까, 염려도 크다. 감기약 한 알 먹어보지 않았을 만큼 건강 체질이지만 장담할 수 없다. 보름이나 되는 장기간 해외여행을 해본 적이 없기도 하다. 오뉴월 농번기 지나고 어정 칠월 건들 팔월이라지만, 보름씩이나 농사일을 놔두고 갈 수는 없다.

"일 쪼까 쉬고 갔으믄 허요, 나는."

딸도 손주도 경숙은 더 보고 싶을 게다. 막내 역시 고등학교를 타지로 보냈다. 이후, 쭉 떨어져 살았다. 결혼마저 네덜란드 청년과 했으니 아무리 씨억씨억한 경숙이라도 섧다 할 만큼 마음이 아릿할 테다.

"당신 혼자 댕게오믄 으짜것소."

이렇듯 말해서는 아니 된다는 걸 모르지 않는다.

"말이요, 막걸리요, 시방."

"대한항공이 네덜란드 공항까장 안 쉬고 간다는디 그러면, 막내가 거그에 나와 있을테고, 머가 어렵것능가."

한국에서 비행기 타는 것까진 언니나 오빠가 알아서 할 테고 네덜란드 공항에만 내리면 하나에서 열까지 편하게 모실 테니, 오라는 막내의 애타는 주문이었다. 사위도 꼭 오라고 권했다.

"바늘 가는 디 실 안 가면 어찌케 꿰메 쓴다요."

"막내 보고자븐 이녁 속내 아니께, 그라제."

"나 맘을 그러코롬 알아준다먼 이참에 일 쪼매 내리놓고 항꾸네 갑시다."

"칠월이먼 몰르것는디, 팔월이넌 암캐도 밭 일이 좀 있잖여."

경숙이 납득하지 않을 변명이다.

"칠월은 사우도 그라고 시부모들도 안 된다고 안 협뎌."

칠월은 그쪽 휴가철이라, 한다.

"그짝은 건들 팔월은 아닌 게비네."

"그라고 야그를 헝게 물을라요. 칠월이먼 진짜로 갈라고는 혔습뎌, 당신?"

아차, 싶었으나 엎질러진 물이다.

"생각은 혀 봤제, 칠월이라면."

"8월에는 먼 일이 그리 크다요?"

아들이 집에 와 있으니 보름을 비운들 농사일 걱정은 크지 않다. 오이, 토마토, 호박, 참외 따서 먹고, 볕 나면 고추 따 말리는 소소한 일이다. 가을 농사 채비하고 겨울 김장 대비하는 건, 여행 다녀온 뒤에 해도 늦지 않다. 기간을 줄여서라도 다녀오려면 다녀올 수 있는 여행이기도 하다. 집 안팎의 이 일 저 일이며 농사일 모르지 않는 경숙이다.

"…."

큰애 도라지, 둘째 두산, 막내 민주화라 이름 지은 자식들 생각하며 '민주화된 세상에서 백두산에 올라 도라지 타령을 부르자'는, 오랜 숙원을 아직 이루지 못한 채 하물며 유신시대로 회귀하려는 흉계를 숨기지 않는 이 정권 하에서, 딸아이 사는 곳에 초청받아 가는 것이라지만 외국 여행에 나서는 게 참으로 마뜩찮다는 속내는 지금, 이 자리에서 경숙에게 차마 꺼내지 못하겠다.

-. 쌀값 하락, 분노를 삭이지 못하다

구월도 추분 전까지는 아랫녘, 윗녘으로 마실도 다닌다. 추분 지나니 온갖 곡식이 영글었다. 들녘이 누렇다. 보기에 참 좋다. 추석 지나고 개천절 즈음해서 이른 벼는 거두느라 여기저기 콤바인이 부산하다. 콤바인 작업 날짜에 맞춰 중순에 벼 수확을 마쳤다. 쌀값 근심이 크다. 해마다 그렇다. 서둘러 차를 몬다. 해가 중천에서 함지 쪽으로 기운 듯하다. 회의가 길었다. 경숙이 밭에서 겨울

족파를 심고 있다. 월동 작물인 양파, 마늘, 시금치, 봄동도 심어야 한다. 참깨 애벌 털고, 두벌 털려고 단을 쌓아 놨다. 콩도 타작했다. 가을 농번기다.

"땅콩도 캐야 허고 호박 따서 광이다 들여야 허는 거, 알믄서도 어디 갔다 인자 오요?"

읍내 다녀오는 걸 경숙이 모르지 않는다.

"오늘 회의가 쪼까 길었네."

"가실걷이 놔 두고 먼 야그가 그리 많다요?"

"가실이먼, 쌀값 투쟁 야그제."

본 집회는 민중총궐기 투쟁본부가 주관하는 민중총궐기대회였다. 쌀값 투쟁은 전농 주관 사전 집회다. 참여 단체 별로 사전 집회가 예정되어 있다. 부문 별 최대 인원이 집결해야 한다고 강조했다. 회의가 길어진 이유이다.

"해마다 허는 투쟁인디 해질녘 그림자맹키로, 먼 야그가 그리 질다요?"

"전농에서 정권 퇴진 투쟁 쪽으로 가닥을 잡은 모냥이여."

"이쪽이서 저것덜보다 더 쎄게 나갈 무신 수, 있답뎌?"

경숙의 말끝 마디마다 사분사분하지 않다.

"겨울 족파 종구는 쪼까 깊이 심제는."

"첨 해보는 농사요?"

네덜란드 여행이 어긋나고 경숙이 좀 뒤틀려 있다. 7월에는 갈

수 있다면서 8월에는 갈 수 없다는 걸 경숙은 받아들이지 않았다. 그럴 만했다. 네덜란드 여행을 물리친 진짜 이유를 차마 꺼내지 못한 탓이다. 경숙에게 민망하고, 면목 없다. 쌀값 투쟁 집회 마치고 나면 경숙에게 차마 가지 않으려 한 이유를 밝히리라, 다짐한다. 감추고 건네지 않은 말이 서로에게 없다. 함께 살아오는 동안 그렇다고 여겨왔다.

"머 허고 서 있소. 씻든 지, 허제는."

"해 안즉 있응게 지금 캐제."

해가 함지 쪽으로 기우뚱 걸쳐 있다. 땅콩 밭에 든다. 북주기도 잘 해주고 풀도 제때 매줬다. 까치가 파먹고 굼벵이도 많이 먹어 치운 듯 수확은 예상보다 덜하다. 작년보다 네 고랑을 더 심었는데, 그렇다. 식구들끼리 나눠 먹을 정도다. 껍질 곱고 알은 굵다. 땅콩은 잘 씻어 말리면 보관이 쉬웠다. 해를 넘겨 먹을 수 있다.

"해 지고만 호박은 언지 딸라고 그라요?"

호박넝쿨이 시들시들하다. 서리 내린다는 상강 전에 따야 한다. 늙은 호박이 보기에도 여러 덩이다.

"낼 아측에 따제, 머."

해가 산등성이에 아직 걸쳐 있다. 지금 따도 늦지 않다. 회의 중에 느낀 감정이 결삭지 않아서다.

"찬도 별반 읎넌디, 언능 때 질러붑시다."

경숙이 주방에 든 동안 몸을 씻는다. 쌀값 생각하면 절망감이 몰아쳤다. 쌀값 하락 추이와 대책에 대해 살핀 회의 자료를 되새 김해 본다. 광주에서 온 젊은 활동가가 차분하게 설명해줬다. 몇 가지가 또렷하게 떠오른다. 작년 동기 대비 쌀값 하락률은 수확기 인 10월 기준, 8%로 예상했다. 출하기인 11월과 12월에는 하락 폭이 더 클 것으로 봤다. 쌀 자급률이 90%대로 떨어진 상태에서 저가 수입쌀 수입 의지를 정부가 여전히 내려놓지 않았단다. 저가 수입쌀의 시장 격리 없이 쌀값 안정은 확보될 수 없다는 지적은 백 번 옳다. 밥상용 쌀 수입은 그나마 주춤하고 있다고 한다. 40만 톤의 쌀을 차관 형식으로 대북 지원을 하면 쌀^{80kg} 한 가마당 7~ 8,000원의 가격 상승이 예상된다고 한다. 가격 상승은 부차적인 문제이다. 대북 쌀 지원은 인도적 차원의 동포애다. 퍼주기가 아 니다. 정부의 대북 쌀 지원 외면을 성토하지 않을 수 없다.

"밥 다 식어부요."

그랬다. 한 끼 밥에 들어가는 쌀값이 커피 한 잔 값보다 못하다. 아니 커피 값의 10분의 1도 안 된다. 쌀값은 20년 전이나 지금이 나 같다. 쌀농사로 애들 대학 보내지 않았다. 밭농사와 과실 농사 가 그나마 보태주곤 했다.

"오메, 밥 다 식고마는 머 해쌓요?"

온몸에 찬물을 훅 끼얹는다. 경숙의 성화를 한 쪽 귀로 흘린다.

-백중밀을 손파종하다

　초겨울 비가 매초롬히 왔다. 바람 끝은 갈수록 매서워졌다. 상
강 지나고 서리가 내렸다. 서리 내리기 전에 거둬야 할 과일과 채
소, 서리 맞아도 괜찮은 작물을 미리 갈무리했다. 씨생강은 서리
맞으면 보관이 어렵다. 모래 넣어둔 장독단지 항아리에 담아뒀다.
겨울이면 생강차를 즐겨 마셨다. 밭 두 마지기에 심었더니 양이
낙낙했다. 생강편강도 처음으로 만들었다. 대봉은 헐값이었으나
그나마 다 돈 샀다. 월하시는 깎아 곶감으로 처마 끝에 매달았다.
줄줄이 걸어놓은 모양이 보기에 늘 좋다. 가을걷이로 바쁘다. 오
곡백과 거둔다지만 월동 작물 파종하는 막바지 가을 농번기다.
　밭벼 거둔 뒤 밀밭에 넣어둔 퇴비가 고슬고슬하다. 작년보다 두
배는 더 뿌렸다. 손 직파를 할 요량이어서 많이 넣었다. 밀농사 역
시 땅심이 우선이다. 그동안 파종기로 밀을 뿌렸다. 볍씨 손 직파
농법이 생태농업 하는 사람들 사이에 널리 퍼지며 생산비 절감이
뒤따르고 생산량 역시 이앙기를 이용한 모내기 방법과 거의 동일
한 양이 생산되는 걸 확인한 이후, 다른 농작물 파종에도 손 직파
농법이 널리 도입되었다. 관행농업 하는 규모가 상당한 농사꾼들
은 요즈음 볍씨 직파 첨단 파종기로 씨를 뿌린다. 모판 비용 절감
하고 모내기 일손 줄이는 효과에다 생산량도 오르는 까닭이었다.
벼농사의 기계화가 첨단화될수록 농업의 화석연료에 의한 의존도

는 높아갔다. 두어 해 전부터 밀을 손 파종해야겠다고 하면서도 미적미적했다. 30 마지기 벼농사도 기계를 최소한 빌려 썼다. 직파기 사용을 마다하면 밀농사만큼은 콤바인으로 거둘 때 말고는 거의 손농사를 짓는 셈이다. 이번에는 마음을 단단히 여몄다. 파종기 사용하지 않고 손 파종 해야겠다고 했을 때, 경숙은,

"최신 기계 직파기넌 그런다 치고 분무 직파기도 안 써불라요?"

하고, 염려했다.

"그럴란다 말이시."

"너르디 너른 디를 어쩌게 헐라고 그라요?"

"기계화 영농을 줄여야제."

경숙도 그럴 심사를 지녀 왔다는 걸 안다. 농사가 소득 위주의 산업화된 농업으로 바뀐 지 오래다. 농산물의 수확량을 최대한 끌어올려 농가 수입을 높이는 건 당연했다. 하지만, 그로 인한 환경 파괴는 돌이킬 수 없는 지경에 이르렀다. 농사 자체가 지구 환경을 지키는 첨병 역할을 맡고 있는 건 엄연하다. 논의 담수 효과는 대단하다. 비가 많이 오면 담아뒀다가 서서히 땅속에 스며들어 좋은 지하수를 공급해 주기도 한다. 그럼에도, 동시에 산업화된 농사로 인해 지구 환경을 파괴하는 주범인 사실 또한 인정해야 한다. 전 세계적으로 300만ton 이상의 농약이 한 해에 살포된다. 환경 파괴의 주 요인 중 하나이다. 농약의 과다 사용을 억제하고 화석연료에 의존하는 기계화된 상업 영농을 줄여나가야 한다.

경숙이 고개를 주억거리며,

"지름 안 쓰고 농사 지서 보자고 맘속으로는 혀 왔제만서도…당신, 괜찮을랍뎌?"

힘들지 않을까, 하는 표정을 드러내며 경숙이 동의한다.

"날짜는 언지가 좋겄는가?"

경숙이 다른 일 없는 날 잡아야 한다.

"열나흘 날에 서울 간다고 혔지라."

"열이튿날 허먼 쓰것는디."

"달력을 봅시다. 목요일잉만. 딴 일은 읎넌갑소."

"종자를 멀로 헐까, 그간 고민을 좀 혔네."

그동안 여러 밀 종자를 심어 봤다. 국수용으로 나가는 그루밀, 은파밀, 백중밀과 제빵용인 금강밀을 재배해 봤다. 수확량과 특성을 파악했다. 국수용으로는 백중밀이 그 중 나았다. 문제는 국수용 우리밀 소비량이 늘지 않는다는 점이었다. 금강밀은 수입산 제분보다 단가가 월등히 높다고 제빵사로부터 외면 받으면서도 수요는 꾸준히 늘고 있다. 금강밀을 심어야 돈 되지 않나 하면서도 제 2의 식량원이라면 당연히 국수용이어야 했다. 딴은, 꼭 돈 되는 농사만 짓지 않은 터다. 해서, 경숙에게 경제력은 빵점이라는 핀잔을 들어왔다. 제빵용보다 국수용을 심는 게 맞다. 경숙에게 또 지청구를 들을까, 걱정이 들었던 게다.

"백중밀이 으째서라?"

경숙도 밀 종자의 특성과 수확량에 대해 알고 있다. 백중밀을 선호해 온 그간의 경작을 공유해 왔다.

"돈이라도 쪼매 되는 금강밀을 심어야 허지 않을까, 허기도 허고."

"애당초 생각대로 심어부씨요, 이."

"그걸로 심어야 쓰것제."

고맙네, 마누라, 하는 말은 입안에서만 굴렸다.

열이튿날, 아침이 맑고 밝다. 경숙과 함께 백중밀을 손으로 뿌렸다. 힘이 들었다. 가을 하늘처럼 마음이 푸르렀다.

ㅡ. 경숙을 부르다

"성님, 회관 앞으로 나와 제계쓰시오, 이."

동춘의 전화다. 회관 앞으로 나오라는 말만 하고 전화를 끊는다. 회관 앞으로 나간다. 후배 동춘이 벌써 차를 대놓고 있다.

"어찌 자네가 왔당가?"

민둑골 상모가 오기로 했었다.

"밀을 손파종 혔다문서 괜찮허요?."

동춘이 안부부터 묻는다.

"어제 하루 쪼까 쉬었드만 개운허네. 근디, 자네는 소 밥은 어짜고 이렇게 일찍허니 왔당가?"

"성님이 상모더러 소 밥 주러 제 집에 가자고 혔담서요."

"자네, 서울 가면 자네 집사람이 소 밥 줘야 허는디, 자네 각시 아프잖은가. 그리서, 상모더러 우리가 먼첨 자네 집으로 가서 소 밥 주고 자네 데리고 군청 앞으로 가자고 혔제."

"오지랖도 넓으요, 성님."

"상모는 그럼 어딨당가?"

"글안해도 새복부텀 와서 소 밥 같이 줬어라. 상모는 지그 마을 아재가 아침에 전화혀서 민중대회 항꾸네 가잔다고 형게로, 성님 은 나 보로 모시라고 허고는 부리나케 민둑골로 다시 갔제라."

"오지랖은 자네덜이 더 넓네, 그랴. 자네 각시는 어쩐당가?"

동춘의 안사람이 위암 3기다. 방사선 치료 마치고 집에 왔다.

"서울 댕겨 오랍디다."

"대통령 잘 뽑아 놨으먼 이런 나들이를 안 혔을텐디."

"말 허먼 머 헐랍뎌."

군청 앞에 상경할 차량이 와 있다. 싸우러 가는 동지들의 밝은 얼굴이 밝아서 서럽다. 차량 주위로 정보과 형사 둘이 나와서 아는 체를 하고 다닌다. 그네들의 표정이 동지들과 대비될 만큼 어둡다. 그 또한 밉상이다.

"잠시 말씀드리렵니다."

버스가 출발하고 진행을 맡은 사무국장이 마이크를 잡는다.

"먼저, 소개할 두 분이 있습니다. 노동면으로 귀농한 분과 율어로 귀농한 분입니다. 잠시 말을 들어 보도록 하지요."

박수 치고 인사를 끝내자 사무국장이 나머지는 유인물을 참조하되, 유인물 뒷면에 자기 핸드폰 번호 적어 놨다며, 각자 입력해 놓으란다. 이런 집회에 가면 꼭 한둘이 늦거나 헤맨다면서 떨어지면 바로 전화하라, 강조하고 마이크를 놓는다. 그 말을 듣자, 경숙이 아침에 건넨 쪽지 생각이 났다. 일행들과 떨어지게 되면 동춘 아재와 큰애 번호 적어 놨으니 공중전화로 전화 걸으라며 준 쪽지였다. 핸드폰이 없어, 이런 때면 경숙이 불안해했다. 피식, 웃음을 머금는다. 동춘이 핸드폰 없는 나를 힐끗 건네 보고는 그럴 염려 없기요, 하는 웃음을 자아낸다.

차창 밖으로 시선을 돌린다. 출발 때부터 날이 궂더니 윗녘으로 갈수록 더 흐리다. 그래도 풍경은 얄궂지 않다. 가까이 보이는 산에서도 멀리 보이는 산에서도 단풍이 참 곱다. 남녘은 단풍이 절정이다. 윗녘으로 갈수록 붉은 옷 벗은 산 중턱도 눈에 띈다. 가을 가뭄이 들어 단풍이 예년만 못하다지만 관광 차량이 하행 차선으로 적잖이 보인다. 봄과 가을, 농사일 시작 전과 농사일 마친 뒤 관광 여행을 다니던 마을의 단체 여행도 시들해졌다. 단풍 여행을 다녀온 지도 오래 되었다. 봉고차 한 대도 차지 않을 만큼 나들이 나설 만한 어르신들이 줄어서다. 집회 마치고 내려가면 경숙에게 어디 여행이라도 다녀오자 할까, 생각하다가 네덜란드 여행도 못

갔는데 간다고는 할까, 지청구나 듣지, 하는 생각이 들어 또 피식, 웃는다. 아침, 집을 나서기 전 경숙의 핀잔이 떠올라 다시 입가에 웃음을 담는다. 비 올 지 모른다며 경숙이 배낭에다 넣어준 우산을 빼놓는데,

"그게 먼 짐이 된다고 빼요. 갖고 가씨요."

하는 말에, 우산을 넣어 왔다. 요즘 들어, 경숙의 염려가 눈에 띄게 도드라진 걸 느낀다. 얼마 전, 입동 지나고 캔 무 묻을 구덩이를 파고 있을 때였다. 서글프게 바라보던 경숙의 눈빛이 떠올랐다. 비켜서라는 눈짓을 보내는 데도 경숙이 물끄러미 바라보면서 움직이지 않았다.

"구뎅이 한나 파문서 어찌 그리 힘들어 해쌓소."

"안즉은 심 쓰네, 그랴."

"삽질이, 심알텡이가 한나도 읇어 보이는디라."

"허허, 참. 무신⋯."

주머니 속에 넣어둔 쪽지를 확인한다. 시선을 돌린다. 풍경이 차창으로 빠르게 흐른다. 괜한 염려 놓으라며, 경숙을 떠올린다.

태평로 삼성생명 본사 앞에서 농민대회가 2시에 열렸다. 사전 집회였다. 집회를 마치고 행진을 시작했다. 광화문까지 가는 길은 가시덤불을 헤쳐 나가듯 험난했다. 방패로 무장한 경찰병력이 탱자나무 울타리처럼 인도까지도 틈새 없이 막았다. 밀리면 다시 밀

고 저지당하면 뚫으면서 광화문에 도착했다. 민중총궐기대회는 처음부터 공방이 치열했다. 차벽을 뚫지 못했다. 차벽 앞의 대치 상황은 일방적으로 불리했다. 차벽에 밧줄을 걸어 차벽을 부수려는 시위대를 향해 경찰은 물대포를 연신 쏘아댔다. 직선의 물줄기다. 경찰은 고춧가루 범벅을 한 것처럼 매운 캡사이신과 최루액을 미친 듯이 뿜어댔다. 시나브로 날이 어두워지기 시작했다. 가로등 불빛 받은 초겨울 비가 이팝나무 꽃잎 지듯 간간이 내렸다. 보성 동지들이 보였다 보이지 않다, 했다. 동춘 후배의 얼굴이 보였다가 사라지곤 했다. 얼추, 내려갈 시간이 된 듯하다. 공방은 한층 격렬해졌다. 광화문에서 종로구청 쪽으로 향했다. 종로구청 네거리에서 상여를 메고 농민들이 앞으로 나선다. 뒤를 따랐다.

"여그 기시네. 한참 찾았고만이라. 내리갈 시간이어라, 성님."

동춘 후배다.

"요로케 치열한 싸움이서 베갈기면, 어찌 헌당가."

여기서 밀리면 정권에 무릎 꿇고 말 것 같은 절망감이 밀려왔다.

"내리갈 질이 안 머요."

정권 퇴진과 쌀값 보장을 외치며 상여가 한 발 한 발 나아간다. 상여 메고 나가는 젊은 농민들에게만 앞장서게 할 순 없다는 의지가 솟구쳤다.

"만장은 안 들었어도 따라갈 디까장은 가야 쓰제."

상여는 이 땅에서 민주주의가 종 치고 말았다는, 농사가 끝장

났다는 농민들 내면에 담긴 분노의 상징이다. 이렇게 내려가면 밀밭에 손 파종한 밀씨가 싹을 틔우지 않을 것 같은 마음마저 스며든다.

"성님, 다들 지둘린단 말이요."

물줄기가 파꽈, 거세게 튄다. 폭압의 물줄기가 상여를 직격했다. 상여가 물대포를 맞고 부서졌다. 대열이 흩어졌다. 저네들은 부서진 상여 위에 계속해서 물줄기를 살포했다. 상여 틀에서 나온 통나무를 들고 젊은 농민들이 다시 앞으로 나간다. 아, 여기서 더는 물러설 수 없다. 앞으로 나가자. 싸움의 앞줄을 젊은 농민과 노동자들에게만 맡겨서는 안 되지 않나, 하는 마음이 솟고라졌다. 앞으로 나섰다. 물대포가 저들에게는 총알이다. 일회용 비옷은 방패가 아니다. 물대포에 맞설 수 없다. 그럼에도, 젊은이들은 앞장섰다. 물대포가 계속해서 직사를 한다. 저들의 울타리가 돼 줘야 한다. 한 발짝, 한 발짝 더 앞으로 나간다. 의혈중앙 4,000인의 선두에서 투쟁의 중심으로 이끌었던 80년 오월이 떠올랐다. 오월의 광주에 대한 부채감이 되살아났다.

"성님, 인자 고만 갑시다."

어느 새 다가와 동춘이 옷깃을 잡아끈다.

"한 발짝 더 가세."

여느 정권 아래에서도 무릎 꿇고 살지 않은 농민들이다. 농산물 제값 받지 못하고 살면서도 타협하지 않고 꿋꿋하게 논밭 갈아온 농민들이다. 여느 싸움에서도 불일듯이 일어선, 이 땅의 잉걸로 살아온 농민들이다. 물러서지 않으리라.

그 순간, 물대포가 얼굴을 퍽, 쳤다.

"경숙아."

"경…,"

쿵, 머리를 찧었다.

푸른농약사는 푸르다

　-장場에 다녀올 텨.

　한 씨가 부엌에서 꼼지락거리는 안식구에게 한 마디 내뱉고는 사립을 나선다. 아직도 땡볕이다. 이제나저제나 해거름을 기다리던 한 씨가 좀이 쑤셔 더는 참지 못하고 길을 나서려는 것이다. 초복初伏 앞둔 여름날의 해거름은 더디 왔다. 여우꼬리만큼이나 긴 여름해가 중천에 뿌리를 박아놓고는 통 기척을 하려들지 않았다.

　-무신 뾰족헌 수가 있을 것 같지도 않기는 허요마는.

　등 뒤에다 대고, 꼭이 당신이 나설 일도 아니라는 혹은 댈 이유가 없으니 별별 시답지 않은 까탈을 내세워 읍내 출입하려는 사내에게 대거리하는 투로 고시랑거리는 안식구의 말을 한 쪽 귀로 듣고 흘려버린다. 불호령이 떨어질 사안이었지만 이제는 안식구에게 지고 사는 게 낫다고 여긴 지 꽤 된다. 안식구 역시 그런 남편의 내심을 진즉 알아채고는 주변머리 없이 미주알고주알 해댄 뒤 말꼬리를 후다닥 삼키곤 하였다.

　―안즉 잎대가리도 비깜을 안 허는 디, 볼짱 다 본 것 아니겄어.

　안식구가 등 뒤에 대고 휘익 던진 말품에 답하느라 입을 벙긋했 지만 기실, 뾰족한 수가 없다는 걸 한 씨도 안다. 농약상인들, 우 째야 쓸게라. …그렇게 말이여라. 지 잘못잉게, 변상 조치허야제라, 하고 나설 것인가?

　한 씨 또한 물러서지 않겠다고 다짐을 하면서 운전대를 콰악 움 켜쥐고는 가속페달을 밟는다. 에어컨을 끝까지 틀어 놓았지만 땡 볕에 달궈진 트럭 안은 덥기가 찜통 속 같다. 바깥 날씨도 그러러 니와 속내가 부글부글 끓는 데 에어컨인들 더위를 다스리지 못할 터였다.

　박가놈, 이놈. 내, 모가지를 콱 비틀어 놓고 말테다.

　그 또한 그렇게 할 수 없다는 걸 모르지 않는다. 귀책사유로 말 하면 결국은 자신의 탓인 연유였다. 박가놈을 걸고넘어질 이유가 분명하지 않다. 당시에는 누구라도 그렇게 심고 밭고랑 일구도록 되어 있었다. 다만, 박가놈이 제일 먼저 챙겨들고 나섰을 뿐 아니 라 은연중 주위 사람들을 부추긴 공덕이 확연하니, 박가놈을 앞세 워 집단으로 대거리를 해야 한다는 게 중론일 것이라 여겼다.

　내가 혀보니께 땅이란 것은 말이시, 아조 그 머시냐, 머시건 받 아들인다, 이거여. 그러니께, 수용력이 대단혀다. 다시 말허서,

토종과 수입종에 대히서 구분을 허지를 않는다, 이것이제라. 또한 자체적으로 종배를 혀서 새롭고 토착적인 종種이 태생되는 걸, 이 눈으로다 똑똑히 봤다, 이거여. 그러니, 종자를 두고시나 신토불이, 신토불이, 허고 내뱉는 건 우리 같은 농법으로다 농사를 짓는 사람한티는 중요허질 안 허다, 허는 걸, 말씀디리고 싶고만요. 유전자 처리를 헌 것은 애시당초 씨앗으로 볼 수 없응게 입밖으로 꺼낼 거시기도 아니고라.

박가놈은 주변에서는 꽤 일찍부터 농약도 안 쓰고 직파를 하는 이를테면, 전래농법으로 농사를 짓고 있는 작자로, 그 방면에 있어서는 남들보다 앞서 있었기에 그날 그 자리에 있던 농사꾼들은 고개를 끄덕이며 동의의 감정을 표했다. 같은 농사꾼이라도 경외의 눈으로 쳐다보지 않을 수 없던 것이었다.

요즘 들어, 친환경 농수산품목 값이 천정부지로 뛰고 있는 판이었다. 품질만 좋다 싶으면 유명 백화점이나 대형 마트에서 서로 가져가려 안달이다 보니, 지자체에서건 무슨 단체라며 농사일과 관련한 간판 내걸고 명함 들이미는 족속들이면 한결같이 '친환경'과 '지속가능'을 구호처럼 외쳐대고는 하였다. 이 길만이 살 길이라며 구호처럼 외쳐대니, 누군들 현혹되지 않고는 배겨낼 수 없는 노릇이었다.

한 씨 또한 오래 전부터 그처럼 땅의 힘을 키우고 무농약으로 농사를 지어야 한다는 당위성을 인정하고 있었다. 딴은, 작금에도 그처럼 짓는 남새밭이 없는 게 아니었다. 식구들 먹을 남새는, 보기에 좋아야 먹기에도 좋다고 보기에는 당최 입으로 처넣고 싶지 않은 푸성귀지만 안식구를 채근하여 벌레 먹고 뒤틀려 선뜻 손이 가질 않게 생긴 걸 밥상에 올려놓은 게 어제오늘이 아니었다. 당연지사, 농약 쓰지 않고 소출이 덜 된다고 하더라도 처자식 먹일 소채인지라 병해충 덜 든 것만 찾을 일이 아니었다.

오늘 따라 읍으로 가는 길이 더디다. 속력을 내보지만 밟는 만큼 가속이 붙질 않는 양 느껴진다. 차 수리한 지 얼마 되지 않았다. 안식구가 가지고 나가기만 하면 어디건 긁히고, 긁어 오거나 빵구를 내거나 도로에 세워 놓기 일쑤였다. 어제, 안식구가 몰고 나갔다 온지라 필시, 어느 구석에 고장이 났는지 모르겠다. 엔진 소리는 괜찮았다. 물론, 속도계의 바늘이 100을 넘고 있음에도 속도감은 전 같지가 않은 것이다.

벌꿀다방에 가시네가 새치로 왔다고 허는디….

해는 여직 중천에 있다. 한 씨는 읍내 가면 으레 놓아두는 벌꿀다방 왼편 구석에 있는 무료주차장에 차를 대놓고 다방에 들어선다. 우선, 그날 그 자리에 있었던 누구라도 불러내 그의 상황은 어쩐지 알아볼 요량이다. 냉큼, 다방것부터 눈요기하는 건, 가문家門의 문양공파 장손 체면에 손상이 가는 일이렸다.

다방 문을 열고 안을 휘휘 둘러본다. 휑뎅그렁하다. 안즉 함지로 자빠지기에는 이른 중천 볕인지라 다방으로 마실 걸음 하는

축, 있을 리 만무하다. 또는 동중정動中靜이라고, 한창 바쁘던 농
사일 가운데 막 이즈음에 잠시 짬을 내는 절기라고는 하지만 어느
놈인들 일 삼아, 땡볕에 이마 그을리며 다방 출입할 작자는 한 씨
빼고는 그리 많지 않을 터다. 괜스레 뒷덜미를 긁적이며 등줄로
타고 내려가려는 땀방울을 훔치고는 이어 이마로 흐르는 땀을 쓰
윽 문지른다. 시골 다방에서 풍기는 퀴퀴한 내음이 찬 공기 속으
로 빨려 들어온다. 어쨌거나, 이런 냄새가 한 씨는 싫지 않다. 농
사꾼들이라는 게 애당초 분뇨와 인분 내음에 길들여져 있지 않은
가, 흠흠. 논밭과 축사에서 흙내와 똥내 속에 살거늘 마땅히 다방
에 습습히 배어든 냄새이오니…, 흠흠. 에어컨이 빵빵한 게 목덜
미까지 시원하다.

  카운터 가까운 자리에 앉는다. 필시, 쪼르르 튀어나와 맞아야
할 김 마담이나 새로 왔다는 애 또한 어디에도 흔적 하나 없다. 어
라, 이것들 봄세. 주방 쪽으로 눈길을 돌린다. 코빼기도 보이질 않
는다.

  ─한 사장님, 오셨네요.

  김 마담이 손을 닦으며 화장실에서 나온다.

  ─어느 놈, 사타구니 훑은 손 씻고 나오는 거셔, 시방.

  ─더위 먹은 소리 작작 하시고 밀린 찻값이나 좀 긁어줘요.

  ─뜰라고?

  ─여기서 어떻게 살아. 낮이건, 밤이건 이 모양인데.

−아, 잘 되니께 가시네 하나를 더 들였을 거 아녀?

한 씨가 새로이 온 애를 어디에 감춰두고 있느냐며 퉁바리를 내던진다. 그 때다. 새로 온 애가 문을 밀치고 들어온다. 배달 다녀오는 모양이다. 쓰윽 훑어본다. 애동대동한 게 풋내가 확 풍긴다. 눈을 돌려버린다. 그예, 속 쓰린 옛일이 떠오르는 탓이다. 그 옛일은 그만 접자, 생각한다.

−일루와라. 대박농장, 한 사장님이시다.

한 씨가 손사래를 친다.

−됐네, 됐어. 일 봐.

−오늘 따라 왜 그러신대. 애야, 여기 대추즙으로 세 잔 내와라.

−나도 마누라헌티 타다 쓰는 몸이여.

−장부 갖고 농장까지 쳐들어가진 않을 거니까 염려, 붙들어 매두셔.

−저그, 저 능골, 박가는 그새 왔다 갔나?

한 씨가 발을 빼고 말을 돌린다.

−사흘 전에 다녀갔는데. 박 사장님은 왜요?

−이녁헌티 보고 허고 만나야 될 사람인감.

−애인 삼고 싶은 사장님이죠.

−….

한 마디 덧붙이고 싶었지만 말길이 술술 풀리지 않는다는 느낌이 들던 차에, 기분마저 그냥, 그렇고 그렇다. 꼭이 박가놈을 생각해서 그렇다기보다는 중천 볕을 머리에 이고 다방으로 마실 걸음나선 풍신이 오늘 따라 마뜩찮게 여겨졌다. 뭔가 한쪽 귀퉁이가 헐거운 놈으로 치부되지 않을까 하는 속내가 푸드득 일어나는 게 영, 개운하지 않다. 차를 내온 계집애에게 눈길 한 번 건네지 않는다. 대추즙을 후루룩 마시고는 입을 봉한다.

핸드폰이 울린다. 한 씨가 얼른 받는다. 헐거운 놈이 아니라는 걸, 이 통화로 기화 삼고자 하는 몸짓이다. 발신 번호를 본다. 마침, 박가놈이다.

─성님이요? 인자 끝막인디, 근력 좀 써봅시다.

박가놈이 마침 통합파와 비통합파가 한판 붙어 요란을 떨고 있는 농협조합장 선거 이야기를 먼저 꺼내놓는다. 한 씨가 대뜸 말허리를 잘라버린다.

─자네, 지금 벌꿀로 좀 오소.

─진중헌 판을 앞에 두고서리 먼 일이다요?

─먼 일이라니? 자네땀시 낭패가 이만저만 아닝게.

─워따, 워따. 성님, 집안사람 아닌감요. 인자 막판에 이르렀다니께는.

─어느 놈이 된들 삼여三與 통합허대끼 읍농협 허고 붙어먹게 되어 있는 건 시간 문젠디, 선거판 야그는 난중에 허잔 말이시.

─뻐꾹새 운 뒤에 참깨 파종허는 것맹이로 먼 일이 그리 바쁘다요, 성님은?

—아따, 내 말 좀 들어보란게 참말로. …자네, 먼저 참에 저짝 농약사이서 갔다 심군 것 그거 발아를 혔단가?

'저짝 농약사'는 읍내에 새로 생긴 농약사를 이른다. 간판에는 '푸른농약사'라고 쓰여 있다. 젊은 사람이 여간 싹싹하게 굴고 예의도 바른 듯했다. 거기에다, '서리태년 작년에 식부면적이 얼매였는디요, 우리 종묘사 통계로다 보면 올해년, 요쯤 되니께, 심구기만 허면 대박 터질 것 같든디요' 하면서 이른바, 알짜정보를 건네주기도 해서 알음알음 몇몇이 자주 들르게 된 곳이다. 읍내 마실 터의 하나로 자리를 굳혀 가고 있는 중이었다. 덧붙여, 그 작자의 말대로라면, 대학에서 농업 관련 공부를 했고 고향은 강원도에 가까운 충청도 산간 지역인데 이곳 남녘으로 살러 오게 된 건 대학 때 서해 쪽 무안으로 농활을 온 것이 계기였지만, 운동판에서 만난 안식구가 여기 읍내에서 가까운 온당리溫堂里 출신이어, 이리로 오게 되었단다. 대학 졸업하고 곧바로 고향에 터 잡고 농민운동에 두 손발 다 들여 놓기도 하였으며 깜냥에, 나름대로는 농촌을 살려야 한다는 비분강개로 일으켜 세운 청운의 꿈을 안고 그리하여, 마땅히 곡창지대인 전라도 땅에다, 처가동네 까마귀를 마치 제 집 까마귀인 양 여기고, 당위성에 입각하여 살림터를 잡게 되었다는 것이었다. 박가놈 표현대로, 믿는 도끼에 발등 찍힐 일은 없을 농약상이었다.

그때서야 박가놈이 직수굿해지는 게 전화선을 타고 전해진다.

―그 젊은 농약상 말만 들은 거시 탈은 탈 같은디….

말꼬리를 흐리는 박가놈의 말품을 그러쥔다.

―자네가 심구자고 추임새를 안 넣었는가? 자네네 농법에서는 머시건 다 받아들인다고 험서 말일세.

―그거야 사실이제라. 씨앗 자체에 문제가 없다먼.

―자네 밭에서도 비깜을 안 허는 것이 다른 디서는 나왔을 거시기란 예상은 접어야 허니께, 지금 이리로 얼능 오라니께 그러네. 흉년에 땅뙈기 늘릴라 말고 입이라도 하나 덜랬다고 전화비 잔뜩 나와도 감사헙네 헐 멤, 아니라먼 말여.

박가놈이 알았다고 하고는 전화를 끊는다. 박가놈네 밭에서 발아를 하지 않았다면 다른 이들의 경우 또한 예외가 없으리라 단정한다. 한 군데 더 전화를 하려다가 이내 핸드폰 뚜껑을 닫아버린다. 이런 땡볕에 누군들 불러내는 게 내키지 않는 탓이다. 따은, 조합장 선거 끝막인지라 현장에서 연신 땀 닦으며 뛰고 있을 것이고 보면 한가로이 다방에 나앉아 전화질만 해대고 있는 게 걸리긴 걸렸다. 조합장에 나온 이가 현 상무이사로, 재당숙이었다.

주름진 도랑치마 입고 다리를 꼬고 앉아 있는 계집애의 미끈한 다리에 눈길을 건넸다가 후다닥 거둬들인다. 한 씨가 슬쩍 관심을 드러낸다는 게 그만 말이 빠져 이빨이 튀어나왔는지, 이빨이 빠져 말이 헛나왔는지 분간 못할 표현이 생뚱맞게 튀어 나왔다.

―마빡에 잉크물도 안즉 말르지 않은 거시기네, 그려.

옛일을 떠올려서 좋을 것 하나도 없는 줄 번연히 알면서도 묻는다는 게 정작, 그 부분이었다. 아차, 싶었으나 엎질러진 물이었다.

앳된 게 눈섶을 치켜뜨며 볼강스럽게 내뱉는다.

—쯤, 보여드려?

굴러먹은 티를 내느라 일부러 말의 끝을 잘라먹는 꼬락서니에 퍼뜩 부아가 돋았으나 이내, 속내를 잗다듬는다. 거기서 멈춰야 한다는 걸 한 씨 또한 모르지 않는다. 한 씨 역시 음충스러운 시선을 건넨다.

—금시, 머리 올려주지 않으면 내 손에 장을 지진다, 작것.

오늘 따라 말이 자꾸 허투루 나온다. 그도 그럴 것이, 막내 동생인 계집애가 중학교를 졸업하고 읍내 여상고라도 보내 달라고 울고불고 난리였지만 끝내 상급학교 진학이 어려워지자 집을 나갔고 집을 뛰쳐나간 뒤 수년간 연락두절로 지내다가 겨우 듣게 된 소식이, 서울 변두리 어느 다방에서 차를 나른다는 것이었다. 막, 열아홉에 들 나이였다. 지금은 사내놈 잘 만나 그런 대로 맵짜게 살고 있지만 막내를 생각하면 자책이 들곤 하던 것이었다. 해서, 다방 출입을 하되 굴러먹다 온 계집애에게는 고슴도치라도 냉큼 입속에 처넣고야 말 것처럼 되알지게 굴었지만 앳된 것들을 보면 아예 외면을 해오던 남짓이었다. 그때의 막내보다 두어 살 밑으로 보였다.

한 씨 스스로 팽, 토라져서 분위기가 에어컨이 뿜어대는 찬 공기보다 더 썰렁하게 주저앉고 있을 무렵 박가놈이 냉큼 다방 문을 밀치고 들어선다. 읍내에다 진을 친 조합장 선거판에서 오글거리다 달려왔나 보다. 한 씨가 얼른 옆자리로 옮겨 박가놈을 에어컨 바람 빵빵, 뿜어대는 쪽으로 앉힌다.

─나야, 세 마지기도 못되게 쬐끔 심궈 놔서 그런다고 허지만 자네년 능골에다 한 정보나 되게 뿌려놓고 그냥저냥 넘어갈 수야 없잖은감?

하릴없어 중천 볕 이고 다방이나 드나드는 축으로 이미 각인되었다손 그렇다고 그렇게 물크러진 채로 넘어가서는 아니 될 대목이었다. 앳되어, 물정 가늠할 줄 모르는 다방것한테마저 대박농장 한 사장이 통어리적고 엄벙부렁한 작자로 인지되는 건 문중의 광영光榮을 파破하는 일이로고.

─냉매실 한 잔 주라, 이.

박가놈이 새로 온 계집애에게 눈길을 보내며 차 주문부터 한다. 덮어놓고 열 넉 냥 금 놓듯 하지 말라는 표정이다. 이래저래 심사가 뒤틀린다.

─벌써 보름 허고도 사나흘이나 지났는디 안즉 입사구도 안 나오는 건 금시초견이다, 이거여, 시방. 근다고 무작정 지둘리고만 있을 수는 없잖여? 미친 체하고 떡판에 엎드릴 심사 아니라면 몰라도 무신 방도가 따로 있어야 허잖는가? 이 말일세, 나는.

─그 씨앗은 입사구를 늦되게 틱운다고 안 협더. '푸른농약사'에

서.

박가놈이 차를 내오는 앳된 것을 옆에 앉으라 자리를 내준다. 벌써 구면인 듯했다. 앳된 것이 한 씨를 건네 보고는 포르르 달아난다. 한 씨가 뺏성을 낸다.

―저 년이.

―아따, 성님. 어린 것 갖고는.

김 마담이 '애인 삼고 싶은' 박가놈이라 했던가? 박가놈이 더 밉상으로 닿는다.

―그라먼 더 지둘려 볼란다, 이거여, 시방. 실기失機헌 농사 어찌 되능가는 자네가 더 잘 알텐디 그러네, 이. …계집종헌티 물어서 길쌈 허라더니 자네도 인자 '저짝 농약사'헌티 물어서 농사짓고 대거리헐라남?

내친 김에 한 통속이냐고 덧붙이려다, 이쯤해서 접는다. 관행농업과 전래농법이 땅 파는 삽질부터 다르다고는 하지만 농사일을 대하는 박가놈의 작업 태도가 자로 잰 듯 너무 짱짱하여 그 동안 남모르게 뇌꼴스러이 여겨오던 차였다. 딴은, 소규모 양계업에다 미곡과 밭작물 위주의 관행농업을 고집해온 한 씨인지라 박가놈과 어울려 무슨 작목반을 함께 한 적도 없거니와 그렇다고 영농교육을 같이 받아본 걸 떠올려도 도통 기억이 가물가물했다. 거기에다, '푸른농약사'의 젊은 농약상과 농사일이건 세상사건 간에 이러구러 의견 교환을 하면서 서로 추켜 주며 맞장구치던 모습이 일순 떠오른 탓에 초등학교 후배놈만 아니라면, 귀싸데기를 핵교 종 치대끼 올려부칠 놈이로고, 소리는 입안에서만 굴렸다.

—양잿물에 꿀 타 잡쉈소?

—예끼, 승헌.

한 말은 삼년 가고 들은 말은 백년 간다더니, 가는 방망이에 오는 홍두깨가 거셌다. 한 씨가 입으로 가져가려던 찻잔을 들었다가 내려놓는다. 입안이 써걱써걱했다. 함에도, 여기서 한 걸음이라도 딴 데로 옮겼다가는 '푸른농약사'에 대거리마저 한 번 건네지 못할 상황일 수 있어, 한 씨는 그만 씨앗 이야기로 되돌아가야 한다고 속내를 다진다.

뱉어놓고 보니 지나쳤다는 듯 박가놈이 엎어진 판을 후다닥 제자리로 돌려놓는다.

—쪼매 더 지둘려 봅시다. 문제가 붙었다허면 필시 씨앗땜시 그럴 거시기라고 지도 시방, 여기고 있넌디라. 글타고 생육에 관히서 좀더 알아본다거나 그 종자가 어찌코롬 되어 갔고 우리헌티까장 넘어온 종잔지, 우신 간에 먼첨 그걸 파악혀야만 대거리를 혀도 허잖것시요? 안 헐 말로 농사공부도 쪼매 혔다고 허고 농민회 일도 보고 그러는 모냥인디 섣불리 대거리혔다가는 본전도 못 챙길 게 뻔허잖어요. 맨땅에다 헤딩혀 갔고넌 대그빡 터지고 꿰매는 짓도 내 호랑서 나갈 거시긴디 우세만 잔뜩 사고 남을 일인게라.

한 씨가 박가놈 옆자리로 앳된 것을 부른다.

—김 마담. 새로 왔다는 가시네 성이 먼 씨랑가? 흠흠.

땡볕은 아직 중천에서 제자리걸음 하고 있을진저 아닌 게 아니라, 서둘러 가봐야 박가놈 말처럼 우세만 사고 말 일 같다. 한 통속임을 드러내는 한 씨의 심경을 읽은 박가놈이 베시시 웃는다. 한 씨가 내려놓았던 찻잔을 든다.

—재당숙이랬지라? 허것습디다, 조합장은.

선거운동 막바지 판에서 달려온 박가놈이 딴은, 지금 이 시각 읍내까지는 아니어도 그래 면내面內에서만은 입방구 꽤나 뀌는 인사士로서 당연지사 제일 둔중한 화두는 읍농협과 합치네, 합칠 수 없네, 하는 통합문제를 슬로건으로 내 건 한 판 승부 조합장 선거이거늘, 새참도 없을 고추밭매기에 붙들려 메지대기 쉽지 않은 사안에 휘말리는 것 같아선지 부아 돋은 말투로 툭, 내뱉는다.

—진즉에, 결판난 선거고. …그란디, 안즉 신찬헌 농약상인지라 어찌코롬 된 종잔지도 몰르고 팔아묵지 않았으까?

한 씨는 짐짓 씨앗 이야기에서 딴 데로 흘러가게 놔두고 싶지 않다. '푸른농약사'에서 가져다 심은 씨앗이 박가놈 말마따나 어떻게 된 영문인지 아직도 잎을 틔우지 않는 까닭에 대해 아는 바가 없는지라 씨앗 이야기를 고집스레 붙들고 나갈 수 없는 처지이기도 했다. 그럼에도, 조합장 선거로 판이 흐르는 걸 막으려 넌지시 젊은 농약상에게 화살을 겨냥해 보는 것이다.

박가놈이 의외로 동의의 빛을 띤다.

-유전자 조작된 F1 종자에서 받은 F2라면 '푸른농약사'에서도 잘 몰를 수 있었겠지라. 어채피 외국 종묘사들이 우리 토양에 맞게끄름 종자개량을 혀서 내놓으면서 표시를 교묘히 헌다거나, 우리 것인 양 표시 자체를 아예 빼불고 마치 한국의 자사 종묘사에서 품종 연구를 혀서 내놓은 것멩이로 눈 가리고 아옹 허는 판속인 게라.

　-근다고, '푸른농약사'이서야?

　-그러게라.

　-물 속 열 길은 보여도 한 길 남으 속은 모르대끼, 알 수 없는 일이긴 헌디.

　박가놈이 얼음 다 녹아 이제는 뜨듯해졌을 냉매실을 입안에 털어넣는다. 한 씨가 얼른 판세를 몰아가려는 듯 잇는다.

　-거그서는 몰랐다고 발뺌을 허드라도 근다고 그냥저냥, 넘어갈 수야 없잖은가? 자네는 더군다나 많이 안질라 뿌리고서나 아무 일 없대끼 넘굴 수야 없제. …근디, 말이시, 나는 더 궁금헌 게 자네가 어찌혀서 그 종자를 그러코롬 평수 넓게 심궜는가? 그게 더 궁금허네, 그랴.

　한 씨가 숨고르기를 한다. 우회하여 고삐를 바짝 쥐어야겠다고 속내를 다듬는다.

　-유기농이 작금 잘 나간다 싶제라, 성님?

　한 마디 툭 내뱉고는 박가놈이 밑도 끝도 없이 입을 닫아버린다. 기실, 무농약 친환경농수산물이 인증제로 바뀌고 웰빙 바람을 타면서 시장세가 확장된 건 사실이었다. 하지만, 중국산 친환경 농수산물 수입을 앞두고 있고 저농약 재배와 무농약, 유기농 재배 농가가 급속히 증가해 공급량이 늘면서 그에 비례한 소비처 증가가 이뤄지지 않아 판로 경쟁이 한층 치열해졌다.

─작년에 자네네 배끔 좋았다고 허도마는?

능골 골짝 끝자락 묵정밭을 임대한다고 했을 때부터 궁금하였다. 배와 포도 거기에다 몇 마지기 직파 논농사만 해도 벅차했다. 채소까지 유기농 재배를 하려 한다는 소문에 한 씨 또한 잘 되는 줄로만 알고 있었다. 그러더니 올해, 관행농법으로 채소전을 일군 것이었다. 그것도 한 정보나 되게.

─빛 좋은 개살구여라. 어디다 말 안 혀서 그렇지 배즙 판매로 보충허지 안 허면 힘들어라. 그 너른 배밭에서 10키로짜리 150여 짝 나왔는디 그걸로 되겠시오.

김 마담과 앳된 것이 두 사람 말에 귀 기울이고 있는 게 역연하다. 손님도 들지 않고 배달 전화마저 없는 판에 차 한 잔씩 팔아주고 고주알미주알 자기네 농정農情에 젖어 연방 한숨을 토해내는 두 남정네 꼬락서니에 가까이 접근하고 싶지 않은 데도 귀 기울일 소음이라곤 달리 없으니 입으로는 하품 하면서 귀는 쫑긋 세우고 있는 것이다. 무료한 오후 칙칙한 시간이다.

피리리, 피리리, 마침 전화벨이 울린다.

—어디라구, 요?

끝을 바짝 올리는 김 마담 특유의 어투다. 오랜만에 듣는다.

—'푸른농약사' 골목 끝집, 요!

아침 천둥에 여름 고막 웃듯, 한다. 여름장사, 물장사라는 말도 옛말이긴 하였다.

—옥련아! 토마토쥬스 여섯, 잔!

'푸른농약사'란 소릴 듣고 한 씨는 그 동안 발길이 뜸했다고 퍼뜩 생각한다. '푸른농약사' 골목 끝집에서 웬 일로 비싼 토마토 쥬스를 여섯 잔이나 시킬까? 알 듯 말 듯 괜스레 궁금하기도 하다. 골목 맨 끝집은 죽은 지 꽤 된 산감山監영감네 집이다. 지금은 주먹판에서 놀던, 그 버릇 어디 안 간 막내아들이 산다.

—농약사 가서 차나 한 잔 허까?

한 씨가 박가놈에게 '푸른농약사'에 가자, 한다.

—반 달 허고도 몇 날 더 지났지라, 이.

박가놈도 슬며시 동의한다. 아닌 게 아니라, 그 씨앗을 사다 심은 후 무슨 일인지 모르게 출입이 뜸했다. 죽은 송장 손이라도 가져다 쓸 소만에서 망종 이짝저짝에도 읍내에 나왔다 하면 문지방을 넘나들던 곳 아니런가? 지피지기면 백전백승이라 혔거늘…. 한 씨가 탐색전 벌일 심사를 세운다.

—'푸른농약사'에다가도 냉커피 석 잔 배달이다, 옥련아!

한 씨가 앳된 것을 부르며 입가에 실실 군단지러운 웃음을 깨문다. 푸지고 소담한 작명이라는 듯 고개까지 주억거린다. 옥련이 김 마담을 건네 보며 한 씨 주문을 어떻게 해야 하는지, 턱짓으로 묻는다.

─쪽 지어 준다는데 그러네, 애가.

김 마담이 장부에 올리는 시늉을 한다.

'푸른농약사'까지 가는 걸음이 늘놀 듯 우통하다. 여직 중천에서 함지로 한 발짝 반나마 옮긴 땡볕이 기승을 떨고 있다. 전투태세를 갖춘 게 아님에도 속내는 전투에 돌입한 마냥 한 씨 표정 또한 딱딱하다. 박가놈은 앞서 내뱉은 양잿물 어쩌고 한 말푼이 좀 뻣셋나, 싶어선지 말갈망하는 양 연신 땀 닦으며 졸래졸래 뒤따라붙는다.

'푸른농약사' 간판도 더위먹은 듯 후줄근해 보였다.

─뇌우雷雨 올라면 시원혀진다더니 두 분, 사장님 오시니께 찬바람 부는 고만요.

가물기는 가물었다. 윗논, 아랫논 논둑 허물고 서로 삽날 세울 정도는 아직 아니지만 물을 많이 먹는 시기였다. 그런 벼포기 놔두고 조금씩 신경이 곤두설 만큼 일주일 넘게 여름비가 오질 않았다. 어쨌거나, 젊은 놈치고는 시식잖은 군소리도 충청도 내기면서 전라도 어투로 곧잘 해댔다.

─찬바람은 '두 분, 사장님' 받어서 부는고만.

우회전일지 직진일지 가늠하면서 한 씨가 눈치를 살핀다.

—글안해도 먼 커피가 온다냐? 싶었습니다요.

박가놈은 뒷전인 듯 눈알을 이리저리 굴리고만 있다.

—뜨뜻혀진 건 물려야 허는디.

—금방 놔두고 갔어라.

보냉병에 담겨 있는 커피맛이 아무래도 쓰디쓸 것 같은 예감이다. 옥련년… 원, 발음도 쉽잖은 가시네가 이짝에다가는 바가지 요금을 물리네 하면서, 젊은 농약상이 따라주는 커피를 한 씨가 홀짝인다. 보통이 두 개 들고 오는 걸 보고 필시 놓고 딴 데 가봐라, 했을 농약상이었다.

—쓰네, 써.

한 씨가 연해 박가놈을 힐끗거리면서 차맛을 탓한다. 박가놈은 여전히 딴전이다. 저게, 저게, 한통속이여, 머여, 시방. 울화가 일었지만, 주걱으로 밥그릇 누르듯이 성질을 다독인다.

—뜸허다, 싶었는디 어찌코롬 항꾸네 발걸음을 혔답니까?

박가놈을 향한 물음이다.

—으응. 면 조합장 선거 뛰다가 성님 만내갔고 차 한 잔 허러 왔제.

—거그 농협 상무이사가 되얏다고 허든디요.

그새, 투표 끝나고 개표도 마쳤나, 하는 표정으로 박가놈이 한 씨를 건네본다. 한 씨가 끙, 하며 외면한다. 선풍기 바람 또한 후 더분하다. 냉방기를 외면하며 사는 '푸른농약사'였다. 한 씨가 손사래로 바람을 일으킨다.

　-덥네, 더워.

　박가놈과 농약상은 시선을 이리저리 굴릴 뿐이다. 냉커피에서 더운 김 솟을 동안이나 말이 끊겼다. 씨앗 이야기를 어떻게든 끄집어내야겠다고 속다짐을 함에도 쉬 발설되지 않아 한 씨는 속이 탔다. 그런 한 씨를 농약상이 힐끔 건네본다.

　-씨앗땀시 오셨지라?

　그 잦던 발길마저 뚝 끊었던 두 사람이 함께 들이닥치듯 농약사에 들어선 저간의 상황을 벌써 읽고 있다는 듯이 젊은 농약상이 먼저 진창을 밟아버린다.

　-흠흠, 흠흠.

　농약상이 그렇게 나오니 한 씨 또한 잔기침만 퍼놓는다.

　-까치내 박 사장님, 풍암리 노진수씨, 한천리 이장님, 중동마을 어르신이, 누구더라? 아, 만덕어르신, 등등. 아무튼, 그 씨앗 가지고 가신 농민분들 여럿이 전화를 허거나 찾아오시거나 혔어라. 잎사구가 나오질 않혔지요? 두 분, 사장님네도.

　-어디서 나온 종자여, 그 종자가.

　이 고을, 저 골짝에서 벌써 여럿이 대거리했다는 농약상의 이야기를 듣고 박가놈이 냉큼 영문을 묻는다.

　-작년 가실에 고향에 갔는디 거그 밭이서 봉게 풀 속이서도 잎사구 튼실허고 달리기도 주렁주렁 혔길래 딱이다 싶어서나 가져

왔지라. 재래식 농법으로 짓고 있는 박 사장님도 그때게 거들고 나섰지만 지역저항성 그러니께, 땅과 궁합이 안 맞는 씨앗은 거의 없다는 야기를 듣고 다수확이면서 특히 이쪽 지역이 역병 상습지여서 그만이겠다, 싶드라고라. 근디, 이리 되아불고 마니까 지도 참말로 허탈허고만요.

　─결론은 터미네이터 처리헌 씨앗인 중을 몰랐다, 이거고만?

　터미네이터 처리 씨앗이 있다는 걸 듣기는 했으나 당하기는 처음이라 한 씨도, 박가놈도 젊은 농약상과 같이 헛헛해진다. 터미네이터 처리된 씨앗이란 그 해에 소출된 생산물로 그칠 뿐, 그 씨앗으로는 다음 해에 파종한다한들 잎이 나오지 않거나 이파리를 틔웠다 하더라도 열매를 맺지 않는 유전자 조작을 한 한해살이 씨앗을 이른다. 특히, 국내 굴지의 종묘사들이 IMF를 겪으며 다국적 기업으로 대부분 넘어간 이후 일반화되어 있는 상황이었다. 다국적 기업화한 종묘사들이 간판은 그대로 둔 채 토종씨앗 가운데 우수한 품종을 한해살이 씨앗으로 유전자 조작을 한 뒤 표시도 제대로 하지 않고 부랴사랴 팔아대고 있어 토종씨앗 자체가 절멸 상태로 치닫고 있는 현실이었다.

　─금메. …그게 그만 화근이 되았고만요.

　─처리된 씨앗인지 아닌 지를 안즉도 모른다? …그려, 그려. 경험이 일천해 놓은 게.

　박가놈이 고개를 주억거리며 혼잣소리로 웅얼거린다.

–근다고, 그냥저냥 넘어갈 문제가 아닌디, 어쩔란가?

박가놈이 어떻게 나올지 몰라 한 씨가 서둘러 고삐를 움켜쥔다.

–그 종자를 H종묘사이서 구입혔다길래 지금 그 종묘사이다 알어 보고 있는 중이어라.

–멀 알어 본다고?

–워떤 조치를 취혀야 허는가? 허는 거를 이라.

–그거시 먼 귀신 씨나락 까먹는 소리디야?

한 씨는 이 대목에서 더 이상 체면 앞세워서 할 말마저 물썽하게 뚝 분질렀다가는 낭패를 보고 말 것이라는 생각에 단도직입, 치받는다.

–…….

젊은 농약상이 보리범벅 같이 눈만 끔벅인다.

–성님, 알어보고 있다니께 야그를 좀 살살헙시다요.

–예절이 빤지르르 헌 것 봉게 니놈 쌀광이 찼나 보네, 그려.

한 씨가 그만 앞서부터 속내를 다스리며 밥그릇 다독거리던 주걱으로 냅다 머리통 내갈기듯 박가놈을 뭉개어 놓는다. 배움 몇 자 있어 문잣속으로 식자연하는 놈들 치고 뒤가 무르지 않는 놈들이 없었다. 낭패로 치면, 더 한 놈이 한 통속으로 본색을 드러내는 데에 더욱 골틀렸다.

–그러코롬 풀 일이 아니다, 허는 말이어라, 지 말은.

–그러면?

—종국에는 종묘사에다 대고 헐 대거리다, 이거제라.

—먼 창시 빠진 소리여, 그 소리가, 시방. H종묘사는 흙 파묻음서 장사허간디 거그서 사지도 팔지도 안 헌 종잣대를 물어줘? 예끼, 그놈들이 워떤 놈들인디 거그다 대고 물어, 묻기를.

—한 사장님. 지가 책임을 회피헌다는 건 아니고라. 지는,

박가놈이건 젊은 농약상이건 이제는 전방위 전선을 구축해야 할 판세다. 해서, 젊은 농약상의 말허리를 그만 잘라버린다.

—나 땅은 말이시 썩은 막가지를 심어도 뿌리를 내리는 그런 토양이라, 이거여. 그런 밭떼기서 스무날 가차이 지난 입때까지도 잎사구가 안 나왔으면 어찌코롬 책음을 져야지 종묘사이다만 미뤄 불고 나 몰라라, 헐 짝시면 그건 도리가 아니다, 이 말이제. 글타고 인자 심굴 품종이라도 있으면 몰라도 말여.

덧붙여 슬며시 메지 낼 방도를 내놓아 본다.

—지가 그럼 결론부터 말씸디리께라.

한 씨가 그때서야 말문을 닫고 박가놈을 힐끗 건네본다. 박가놈이 눈알을 오도깝스럽게 이리저리 굴리고 있다. 젊은 농약상이 입술을 깨물면서 박가놈에게 시선을 지그시 건넨다. 한 씨는 가슴이 덜컹 내려앉는 느낌을 받는다. 모름지기, 개봉박두의 심정이다.

—변상 조치혀야지라, 당연히. 그리서, 지는 지대로 종묘사를 상대로 대응책을 마련허고 있고만요. 그러고, 종묘사의 워떤 조치와 관계없이 서둘러서 대체 품종을 무상으로 드릴라고 허니께요,

걱정 마시게라. …사실 지는, 이번 일로 혀서 '푸른농약사'의 진로를 제대로 정하는 기제가 되었다 싶어서 고맙게 여기고 있고만요. 어차피, 농사도 짓고 농촌을 다시 곧추 세워야 한다는 깜냥의 당위성을 갖고 여그 전라도까장 온 마당인디 인자는 그러코롬 나가야겄다, 허고 결정허도록 작용을 혔다, 이겁니다. 발아를 허지 않는 씨앗을 보고 이거시 내재허고 있는 문제의 심각성을 깨닫게 된 것이지라.

둘이 동시에 뜨악하게 훑어본다. 무슨 말이냐, 싶어서다. 젊은 농약상이 찻잔을 들어 남은 차를 마신 뒤 말을 잇는다.

―지년, 지금까장 관행농업을 주장혀 온 사람인디요. 그건 식량자원의 차원에서 그게 옳다고 본 것이지라. 그리서, 농약사를 내믄서도 외국계 종묘사 계열 중 유수헌 K종묘사를 선택혔고, 토종 씨앗만 주장허지도 안혀 왔고라.

다수확 품종으로 생산력을 극대화하는 소득 작물을 그 동안 적극 권장해 왔다. 박가놈도 알고 한 씨도 모르는 바 아니다.

―민족농업 차원에서도 친환경생산물로 승부를 걸고야 말겠다는 소수확 유기농이 아직은 대세라고 보덜 안 허고 있었고요. 북한의 식량부족을 놓고 유기농과 태평농법 등 자연농법으로 하는 작물의 생산력을 적이 염려를 혀서나 지는, 박 사장님의 전래농법에 대히서도 수용을 못 허고 있었지라. 그리서, 유기농 선진국이라고 너도나도 가는 쿠바와 생태농업도시인 수도 아바나 방문도

기회는 있었지만 지는 안 갔고라.

전국의 유기농작목반과 함께 쿠바에 다녀온 박가놈과 더불어 유기농업과 관련해 공방을 주고받는 걸 한 씨가 몇 차례 목도하기도 했다.

―그란디 이참에, 싹이 나오질 않는다고 여그저그서 전화를 받고 밭에 직접 가 보고서나 느낀 건 정말 참혹스러웠지라. 여그 계시는 두 분, 사장님 밭에도 두 분 몰르게 가 봤는디 거그서 지가 비참허게 느낀 게 머시냐먼 아무리, 자연농법으로 극복헐 수 있다고 허드라도 언필칭, 다국적 기업의 손에 좋은 종자가 사라지고 말 것이라는 살쩌 떨리는 전망이었지라. 다시 말씸디려서, 이제는 다종다양헌 우리 토종씨앗을 지켜야 헌다, 이거지요. 우리 씨앗을 다국적 기업으로부터 지켜내지 못허먼 우리 민족의 목숨이 다국적 기업의 손에서 놀아나게 되는 건 불을 보듯 뻔허다는 생각이 드는디, 무섭더라고라. 거그다가, 토종씨앗이라고 허는 것은 덧붙이자먼 우리 민족의 삶의 원형질을 담보하는 거시기…

겨울 열흘 노는 것보다 여름 하루 노는 게 더 지루한 법이거늘 하루 종일 들어도 지루한 지 모를 것 같은 젊은 농약상의 이야기를 들으며, 어려운 말임에도 가슴에 콕콕 박히는 듯 한 씨는 그려, 그려, 그러게, 를 연방 내뱉었다. 대체할 씨앗을 준다는 다짐을 들은 뒤부터 농약사의 말이 다 옳다고 여겨지는 것이었다.

씨앗의 신토불이를 주장하지 말라고 했던 박가놈 또한 한 마디 대꾸 없이 고개를 주억거리고 있는 차에 벌꿀다방의 옥련이 어느 새 왔는지 모르게 찻잔을 거두고 있다. 죽은 산감영감네에서 그토록 오랜 동안 시간을 축내고 왔다면 필시 화투판에 끼였거나 혹은 아직도 주먹질, 난봉질로 사는 막내아들과 무슨 일이 있어도 있지 싶어 노려보는 한 씨의 시선을 앳된 것이 똑바로 응대한다.

저 년이, 하려다, 한 씨가 눈을 외로 돌린다.

그려, 그려. 니년도 젊은 것인게 여그서 살아야 써,

하는 속내가 솟고라지는 탓이다.

─그래서 지는 인자, 토종농법을 지키는 '흙살림' 허고 연계히서 토종씨앗을 보존허고 보급허는 운동을 여그 농약상을 거점으로다 펴봐야겠다고 맘을 도졌고만이라. 박 사장님 허고도 전래농법에 대히서 연결점을 찾을 수 있을 거시라 여기고만요.

─긍게, 자네 같은 젊은 사람들이 여그 흙에서, 여그 농촌에서 살아야만 허는 명백한 이유를 참말로 중허게 각인허것네, 그랴.

박가놈이 연신 고개를 크게 주억거린다.

─벌꿀에 가서 차 한 잔 더 허까?

앳된 것을 데리러 온 주문배달차, 티코를 보고 한 씨가 의중을 떠본다. 낮술이 땅기긴 했으나 원체 술과는 남남인 작자들이었다. 그리고는 곱디고운 눈으로 옥련이를 쳐다본다.

어찌됐건, 저런 젊은 것들이 터 잡고 살어야 농촌이 산다, 이 말여.

하는 생각을 다시 한 번 각단지게 거머쥔다.

—소주나 한 순배썩 돌리잖고넌 차는 또 무신. 어야, 자네도 항 꾸네 가세, 그랴.

박가놈의 선뜻 내뱉는 말에,

—지가 앞장서지라.

이제야 사투리를 배우듯 한 마디 툭 내뱉고는 까르르 웃으며 티 코 쪽으로 옥련이내닫는다. 바깥은 아직도 햇볕이 쨍쨍했다.

석포리 서촌西村마을

1. 유전자변형GMO 농산물 종자

서둘러 불을 켰다.

저녁상 막 물리고 회관에 모인 석포리 서촌마을 노인네들이 끄먹끄먹 숨기운 접으려는, 늘어진 낙지처럼 후줄근해진 모양으로 점등點燈한 방안에 몸체를 드러낸다. 흐르는 땀을 연신 쓰윽쓰윽 훔쳐낸다. 벽걸이용 낡은 선풍기 몇 대가 줄곧 돌았지만 장마 뒤 끝, 저녁 동풍도 없는 열대야에 눌려 소리만 자못 윙윙거렸다.

—영화가 어찌 껄쩍지근허네, 그랴.

젓갈 가게에 든 중 보듯 아예 두 눈 질끈 감고 자울거리던 앞줄의 노인네가 땡감 씹다만 떨떠름한 입안을 헹구려는 양, 이 빠진 잇몸 이내 드러내며 오물오물 하다 케엑, 한 소리 내지른다.

—금메. 똑, 똥 누다 말고 마른번개에 놀라서 밑도 안 닦고 보리

멍석 거두러 가는 것맹이로 뒤가 물컹허니, 덴덕시럽고만.

저녁 9시 뉴스를 보다가 저런 우라질 늠에 시상을 잠, 보게. 참말로, 어쩌고저쩌고…. 이를테면, 세상 물정에 능통하여 통 큰 해설로 닿는 신소리 몇 마디 고시랑거리다 피익 꼬꾸라져 노루꼬리만큼 짧은 여름밤, 초저녁 단잠에 빠지게 되거늘, 하필이면 그 달콤한 잠에 붙들리게 될 시각에 불려나와 이도저도 도통 요해가 잘 안 되는 서양것들 활동사진을 본 것에 잔뜩 부아 돋은 얼굴로 누군가 금세 되받는다.

─무신 모꼬진가 싫드라마는, 젠장.

졸다가 깬 예의 노인네가 사탕 하나를 군입정 삼아 입에 넣으며 주위를 휘익 둘러보다, 초저녁잠 빼앗긴 속내를 입정사납게 다시 메어꽂는다.

시골 노인들에게 보여줄 영화가 따로 있지, 장마 끝물의 참외 맛 같이 밋밋한 영화를 돌리다니 이게, 무신 애들 장난이여, 시방? 하는 불쾌한 얼굴들을 부러 드러내놓는 것이다. 더욱이나, 양놈들 혀 꼬부라지는 말인고로 귓바퀴 쭝긋 세우고 들어도 도무지 귀신 씨나락 까먹는 소리로만 들리는 데에다가 우리말 자막 또한 부랴사랴 사라져버려 그렇지 않아도 가방끈 짧은 늙은이들 기죽이는 듯해서 여간, 시뜻한 것이었다.

곽郭 상수 노인 역시 그랬다.

딴은, 어른 섬길 줄 아는 말품새도 그렇거니와 토종씨앗을 지켜야 험네, 하며 한껏 핏대를 올리면서 설명하는 모습이 그나마 가상하다 여겨 무슨 내용인지 알아보고자 쌍심지 돋운 채 안광이 지배紙背를 철할 만큼 화면 또한 응시하였거늘 어섯만 보았을 뿐 제대로 파악할 수 없었다. 거기에다, 오늘 방영되는 장면이 주인공 남녀의 애정 편력만이 아니라 건국의 기틀을 다지는 평정을 이뤄내느냐 거기서 도태되고 마느냐, 하는 정점의 한 대목이란 예고이고 보면 애간장 잔뜩 태웠을 모 방송사의 창사 특집 연속사극史劇마저 그만 놓친 터였다.

덧붙여, 웃논 둑 터서 아랫논에 물 대는 절기인고로 줄창 논두렁 헤집고 다녀야 했으니 여름농사 아침농사가 반타작인데, 낮잠부터 챙길 일이고 보면 익일 점심 숟가락 놓은 바로 뒤에 한다는 사극 재방송은 애당초 안중에 넣어 두질 않았다. 그래, 곽 노인도 쓴소리 한 도막, 입방귀를 막 뀌려는 참이었다.

ㅡ씨앗은 우리 것이 젤인디, 양늠덜이 개량혀 놓은 걸로 갖다 심궜다가는 법원 신세를 져야헐 지 몰른다. 그러니, 토종씨앗을 써야 헌다, 이것이제라, 이.

거친 저녁상 물리고 부리나케 달려온 노인네들 입씻이로 내놓은 수박 담은 쟁반을 앞으로 밀어놓으며 이장이 냉큼 앞장을 선다.

ㅡ옳거니. 이장이 판세를 끌어야제, 이.

ㅡ아재는 어찌코롬 봤는디라?

ㅡ이녁 밭이서 바람타고 넘어온 씨앗도 내 밭이서 싹이 돋으면

그것도 벱을 어긴 거시기다, 이거신디… 그게, 시방?

곽 노인이 아무려나 영화는 그렇다고 하지만 도대체 수용할 수 없는 경우라 여겨 고개를 갸웃한다. 누군들 시비를 가렸으면 좋겠다는 표정으로 좌중을 훑어본다. 이장 빼고 노인네들 일색인 회관 안에 섣불리 나설 이가 있을까 싶던 차에,

—지 발로 걸어온 거시긴디, 그것까장 책음을 지라고 헌다면, 여드레 삶은 호박에 송곳 안 들어갈 말이제, 원.

내내 졸던 앞서의 노인네가 올강올강 사탕을 빨다 잇몸 사이로 튀어나오려는 걸 후다닥 우겨넣으며, 곽 노인의 의중을 거들고 나선다.

—화동華洞냥반은 연신 고개방아 찧동만 귀는 열어놓고 잤능게비요, 이.

잠 속 헤집다 나온 터수로는 그래도 응수가 얼맞은 것이다.

—돌부리 차면 발부리 아프다고 그만큼 일렀으면 알아들었을 거싱마는. 어, 디서고, 먼, 일이고, 간에 팔 걷어 부치고 나서는 저 냥반땀시 죽겄당게, 글씨.

연지곤지 바르고 꽃다운 이팔청춘에 시집온 이후로 한 이불 속에서 알콩달콩 지금껏 사셨을 댁宅네의 썩썩한 입성에 한바탕 웃음꽃이 피었다, 금시 진다. 화동양반이 그러는 노파에게 뱁부린 눈길을 건넨다.

나 또한 헛헛한 웃음을 흘린 뒤 입을 닫는다. 더운 바람 훅훅 내

뿜는 선풍기 소리만 이내 진동했다. 아무래도 거들고 나서야 할 판세라 여긴다.

　─금방 본, 〈식량의 미래〉(주1)는 캐나다라고 허는 그러니께, 미국 바로 우에 있는 나라이서 진짜로 있었던 경우를 기록헌 영환디요. 줄거리를 요약헐 짝시면 이장님과 마을 개발으원이신 곽 자字 어르신께서 말씀하신 대로다, 이겁니다. 물론, 몬센토라고 허는 머시냐, 유전자변형GMO 농산물 종자를 생산허는 회사이서 우리 농촌까장 쳐들어와서 재판을 걸고 그러코롬은 안즉까지는 안 허고 있기는 허지라.

　─⋯.

꾸어다 놓은 보릿자루 모양 눈만 멀뚱히 뜬 채 실내가 잠잠하다.

　─우신 지가 방향을 쪼매 달리혀서 말허자면 쩌그 저, 구례 산동면이서도 실지로 저짝 밭이서 심군 씨앗이 바람에 날라 와서는 이짝 밭이서 싹을 틔웠더랍니다. 그란디 그게, 알갱이가 괜찮다 싶어서나 모아뒀다가 다음해에 심궜는디 그만, 터미네이터 처리된 씨앗이었던 까닭에 낭패를 봤다는 사람도 있고요. 몇 년 전이넌 경남 거창 농민 60여명이 다국적종자기업 세미니스코리아으 종자를 사다 뿌렀는디 종자에가 이상이 있었던 갑다. 바이러스가 생겨 분 것이제라. 그리서나, 농사 망쳐 뿌따고 소송을 안 냈더랍니까. 그란디 이게, 어느 나라 법원인지 농민들 손을 들어주덜 않고 머시냐, "배추종자 포장지에 '조기 파종 시 바이러스병 발생

의 우려가 있으니 적기에 파종하라'는 경고 문구"도 안 보고 농사를 짓느냐고 됩대 농민들을 호통쳤다는 것 아닙니까, 글씨. 아니, 누가 포장지까장 일일이 봄서 농사 짓남요? 또 이참에, 경북 성주서는 신젠터코리아라고 허는 종자회사으 참외씨앗을 사다 심궜는디, 종자가 불량이어서나 열매허고 이파리서 얼룩이 생기는 머시냐, 오이녹만—모나리자—바이러스라고 헌다든가 허는 요상헌 이름으 병해땜시 낭패를 봤다고 지금 난리가 안, 나부럿능가요. 예를 들자면 한도 끝도 없지만 하나만 더 들자면요. 쩌그, 보성 벌교 어느 마을이서는 병해충에 강허다는 오이 모종을 심궜었는디, 그동안 보고 듣도 못헌 병해충이 확 돌더랍니다. 알아본즉슨, 그 씨앗회사이서 만든 농약을 써야만 잽힌다고 허니께 도리없이 더 비싼 그 회사 농약을 뿌렸다는 것 아닙니까. 죽긴 죽더라느만요. 그런디 이게, 소출보담 농약값이 더 들었다는 것이제라. 다시 말씀드리자면, 종자, 지가 병해충을 데리고 다니는 종자 아닌가, 허는 으구심이 드는 그런 종자를 맹글어서 팔지 안혔냐? 허는 게지라, 지 말은. 그리서, 이럴 짝이먼, 어디다 호소를 혀야만 되느냐? 허고 농업기술센터이다 문의問議를 혔동마는 그 사람들 왈, 앞도 몰르고 뒤도 몰르고 암것도 몰르고 있다가는 되레 어찌코롬 혀야 되는 쌍판인지를 물으러 왔다고 안 허요….

영화 내용보다 더 앞서는 현재 상황을 들먹인다. 이 마을 역시 종묘상 씨앗을 파종하거나 육묘회사 모종을 심고 있는 경우이고 보면 필시, 씨앗이나 모종 이상으로 해서 농사를 망친 경험이 한두 번 아닐 터였다. 그럼에도, 농민들은 그에 대거리하지 않고 우선 몸부터 사리는 경향이 짙었다. 한 번 나섰다 하면 어느 단위 여느 세력보다 불일듯이 일어서지만 그토록 나서게 하는 데에까지 공력을 여간만 쏟지 않고는 행동으로 옮겨가지 않는다는 게 그 동안의 경험이었다. 해서, 노인네들의 속내를 우선 긁어 놓고 본론으로 접어들어야 효과를 높일 수 있는 연유였다.

―⋯.

―몬센토나 다른 외국으 여러 씨앗회사이서, 여그서 날라가서 쩌그서 나는 경우까장은 안직 걸고 넘어지질 않고 있기는 헙니다만, 저 양코베기들이 우리 모감지를 언지고 간에 틀어쥘 수 있는 코에 걸먼 코걸이, 귀에 걸먼 귀걸이 같은 뱁을 맹글어 갖고 있어놔서 언지 졸르고 들어올 지 몰르는 일이다, 이거시고만이라, 이 영화으 내용인즉슨.

―⋯.

동창東窓과 서창西窓, 어디로든 바람 한 점 들락거리지 않는 여름밤이었다. 회관에 모인 서촌마을 노인네들이 눈길을 천정에 두었다가 방바닥으로 돌렸다 할 뿐 누구 또한 댓구 한 마디 없다. 곧잘 거들고 나서던 화동양반도 입을 한 일자로 봉한 채다. 나설 계제가 아니라고 직감한 듯하다.

―⋯.

더운 바람이나마 쏟아내던 동창 쪽 선풍기가 돌돌돌 하다가 그만 멈춘다. 연속으로 작동하지 않고 시간을 재어 켜둔 모양이었다. 누군가 일어서서 줄을 잡아당겨 다시 켠다. 그러더니, 그냥 앉기가 무료했던지 방안을 휘휘 둘러보고는 엉거주춤 선 채로,

　―우리는 밭 한 고랑이나 되게 쬐끔 갖고 있는디, 땅 속 헤집고 삐죽삐죽 나오는 잎사구를 호미 들고 한 핑생平生 산 사람이 짤라불 수가 없어놔서 남새 두어 소쿠리 거둔 적이 있는디, 해당이 되끄라, 젊은 냥반?

　씨우적씨우적 말을 놓은 댁네는 화동양반 안주인이었다.

　―저런, 저런. 시렝이 말리다 소네기 맞을 에펜네, 허고는.

　화동양반이 삿대질 하면서 끌끌 혀를 찬다.

　―어, 디 서고, 먼, 일이고 간에 나서는 건, 산전山田떡 아니더라고.

　누군가 덜퍽지게 소전笑田을 갈아놓는다.

　―데리다 쓸 디 있으면 쓰라고 혀. 작것, 안직은 팔다리 심 있응게.

　산전댁도 우격다짐에는 질 일이 없어 보였다. 내외가 피장파장인 듯했다. 이렇듯 이죽거리면서라도 주눅들지 않은 웃음이나마 끌어내고 있는 농정農情이 아직은 푼푼하게 남아 있어, 그나마 다행스런 일이었다.

　―인자는 부는 바람도 못 오게 장막을 쳐야 혈 판이네, 그려.

뒷산 중턱까지 깎아놓은 산밭과 마을 앞으로, 옆으로 아무렇게나 줄을 그어놓은 듯 어지럽게 늘어져 있는 밭고랑에서 여러 남새가 푸릇푸릇 키를 세우고 있었다. 밭농사로 많은 소출을 내는 동네는 아닌 듯했다. 한샘꽈리풋고추, CR하랑 배추, 무청 좋은 서호무 등속이 주종을 이루고 있었다. 외국계 종자회사의 품종들이었다. 필시, 씨앗이나 모종으로 인한 피해를 몇 차례 보았을 것이었다. 함에도, 다국적종자기업에 종주먹 휘두르며 대거리할 품새는 애당초 옆구리에 끼고 있지 않음도 익히 알고 있는 터였다.

─시상이, 눈먼 말 타고 벼랑 지나는 것맹이네, 똑.

다국적종자회사들이 우수한 토종씨앗을 사들여 터미네이터 처리 등의 유전자 조작을 통해 개량한 씨앗으로 특허를 받아 되파는 방식의 토종씨앗 잠식 전략은 몇몇 선진적 농민운동가나 유기농 재배자들의 자각과 외침의 저항 말고는 농업관련 정부부서나 민간기구 혹은 도시인들, 어느 누구도 거들떠보지 않는 상태에서 은밀히 벌어진 일이었다.

─워디, 우리 서촌마을만 그러겄어?

─금메. 천지가 다 그런다고는 허지만도 어찌….

시나브로 드러내지 않은 채 그러나 마치 농촌인구의 급속한 감소를 삼투압 삼아 전 국토에 걸쳐 토종씨앗의 자리를 내몰고 유전자변형 농산물을 생산하는 종자가 우리 들녘을 점령한 지, 이미 오래 전이었다.

−토종씨앗으로 육묘 내는 회사도 있다, 허동마는?

딱 한 마디, 듣게 된다. 곽 노인이었다. 나는 되었다 싶어 이쯤에서 접기로 한다. 여기서 멈춰야 했다. 이어갈 다음 단계를 정해두고 있는 터수였다. 이장에게 시계 들여다보며 눈짓을 보낸다.

−질문 있거들랑 다음으로 미루고 강사님 말씀 듣고 마칩시다, 이. 가셔야 허니께.

이장의 말에,

−까치가 떨군 박 속에 보물이 들었다 허면 그것도 원래 박씨 주인 것이다, 허는 겡운디. 사다 심군 것이라 헌다치면 맹근 회사이서 내놓으라고 혀도 내줘야 허것고만, 이?

곽 노인이 마치, 당신 집 울타리 밑으로 조롱조롱 달려 있는 박 속에 보물 들었으면 어찌 해야 할까? 하는 심정으로 회관 안을 훑어보며 꽈리 달인 약물을 넘기는 듯 뜨악한 표정을 내짓는다.

−시상 천지에 없는 겡우니께…,

불쑥 허허로운 듯 한 마디 내뱉더니, 덧붙인다.

−말인즉슨, 강사 선상이 늙은 것들 가심 속으다가 무신 숙제를 내준 것맹이로 묵지근헌디, 그걸 풀어주덜 안 허고 가불면 어찌 것다고 그런단가? 허는 거시기고만, 내 말은.

−그리서 지가, 다시 오겄다 허고 말씀 드릴라고,

말길을 싹둑 잘라먹는 건 화동양반이었다.

−다음이도 오늘맹키로 시시껄렁헌 필림 나부렝이럴 갖곤다치

먼 집구석이서 구들짱 짊어지고 누워 있을팅게 이장, 나는 아예
찾덜 말어, 이.

2. 입추 앞둔 하현달

그렇지 않아도 8월 말경에 짬을 내려던 차였다. 그런데, 곽 노
인이 먼저 연락을 했다. 이골저골 다니던 중 드문 경우였다. 회
관은 여전히 더웠다. 노인네들이 둘레둘레 앉아 술추렴을 하고
있었다.

─함지로 해 자빠진지 삼 년인디 여전히 찜통 속이고만요.

흐르는 땀을 쓰윽 문지르고는 우선 인사부터 차린다.

─오느라 목 말랐을틴디, 막걸리 한 사발 얻능 받게나, 이.

틈에 끼자, 화동양반이 술잔을 내민다. 내려놓는 가방을 힐끔
건너본다.

─음, 머시라더라. 아, 그런 필림 있잖여? 그런 거. 꼭 담아오
라 이르라고 이장헌티 신신당부를 혔는디, 워쩐당감? 오늘은 망
구들도 안 올틴디.

─금시초문인디요?

─이장헌티서 그런 소릴 안 들었다고.

─금메요?

─아니, 이장. 자네는 마실 나간 정신을 그러코롬 여직도 못 챙

석포리 서촌마을 75

기갔고 어찌코롬 이장질을 수행헐라고 그런가, 시방?

—더운 밥 자시고 식은 소리 그만 허시잖고는.

화동양반이 이장한테서 눈길을 거두고 내게로 쏟는다.

—무신 교육이다 험서 동니에 나댕기는 사람이면 그런 것, 한둘썩은 숨기갔고 오도만.

—교육헌다치면 덕금에미처럼 잠만 퍼자문서, 무신.

—그 연장 헛간에 매달아 둔 지 십수년 넘었을틴디 양기만 입으로 잔뜩 올라갔고, 원.

먼젓번에 못 봤던 어르신이다.

—이녁맹키로 뒷구녁으로 호박씨 까는 것보담 낫제, 무신 소리여.

화동양반 응수에,

—저런, 똥친 막가지를 입구녁에 처넣고야 말 화상허고는.

—이목냥반도 참. 만내기만 허면 어찌 남셍이등걸맹이요, 글씨.

이장이 말막음 하자 이내 둘이서 이지렁스레 웃어넘긴다.

—농민회헌다는 야그는 농민회 기웃거리는 이장헌티 들었고. 말 허는 씨로 보면 저짝 충청돈디, 말 허는 투를 보면 여그 사람맹이로 전라도네, 그려?

화동양반에게 끙, 자 놓은 이목양반이다.

—여그서 쬐께 가는 K읍에서 '푸른농약사'라고 허는 농약사를 허는디요. 지집은 원래 강원도에 가까운 충북 제천으 송학면이라

고 허는 골짝이고만요. 집사람이 K읍 사람이어서 살러 왔지라.

　―오지랖은 넓게 생겼고만. 뒷간 허고 처갓집은 멀어야 쓴다고 허는디.

　―남쪽이라놔서 따땃허기도 허고 또 머시냐 농토가 많아서 농사 지슬라면 남녘 땅이 젤이다, 허는 마음이 솟고라져서나 오게 됐지라.

　―먼 농사를 헌당가?

　―쪼끔 짓느만요.

　―멀 심구는디?

　―미맥 서른 마지기 허고 남샛거리로는 그때그때 봐감서 이것저것 소출허고 있어라.

　―이녁은 어찌코롬 농사를 짓는당가?

　―….

　무슨 속내인지 모를 언사다.

　―지난 참이 종자가 어쩐다고 혔다는 야그를 들은 게 있어놔서 그란디, 이녁은 씨앗을 어찌코롬 혀서 심구는가, 허는 야그제.

　―아, 예. 종자, 받아뒀다 심그제라.

　―…자가채종 헌다, 이거제, 이. …글먼, 손孫은 몇이나 뒀당가?

　아연, 좌충우돌이다, 싶다. 이런 양상으로 끌고가는 시골양반 한둘 으레 있다.

　―딸 하나 아들 하난디, 이번이 또,

—요즘, 젊은 사람은 아닌 맹이네… 다복허고만, 이.

말을 자르고는 오달지게 잇는다.

—나가 허고자븐 말은 여그 촌구석이서 자석들 키워 갔고는 암 것도 못혀묵는 반푼이 맹글기 따논 당상인디, 그거를 몰르고 어린 손지놈들 촌구석으 사는 늙은이들헌티 맽게 불고는 아예, 눈질 한 번 주덜 안 허는 년놈들이나 어린 아그들 데리고 여그서 흙 파묵고 산다고 허는 것들이나 하나도 다를 게 없다, 이거여, 나 말은.

시골 마을을 돌면서 농민들과 자리를 갖다보면 누군들 나서서 앞뒤 없이 이야기를 끌어가는 경우가 종종 있다. 그럴 때면, 그 흐름에 더덩실 따라가는 게 상책이었다. 그렇게 맞장구치며 판세를 좇아가다 보면 의외로 의기가 투합된다거나 이르고자 하는 지점에 닿는 데에 적잖이 보탬이 되는 것이었다.

딴은, 시골의 처처에 경제 파탄으로 혹은 이혼 등으로 해서 시골 고향으로 보내진 손자녀孫子女들을 돌봐야하는 노인네들이 적지 않았다. 이목양반의 이어지는 말흐름을 막고 나선 건 곽 노인이다.

—지금, 그런 말 늘어 놓을만치 한가헌 때가 아닌 게 옆길로 새덜 말고 곧장 본론으로 들어가 붑시다, 이.

—또 먼 꿍꿍이속이 있능가 몰르 것는디,

이목양반의 붉달은 입성을 곽 노인이 다시 틀어쥐고 나선다.

－꿍꿍이속이라니? 잘 살어 보자는 거시제. 시대으 요청에 맞께 끄름.

－그끄저께 여그서 이녁 허는 말을 듣고시나 막 한 마디 놓을라다가 막걸리 한 사발 얻어묵은 게 있어놔서 입을 닫고 말었는디.

－그리도 무신 야근가 들어는 봄세, 이.

이목양반의 말길을 끊고 나선 건 화동양반이다. 이목양반이 그를 힐끗 쳐다보며 큼큼 마른기침을 내뱉는다. 목이 컬컬한지 따라 놓은 막걸리를 후루룩 들이킨다.

－쩌그, 창무리 백초마을 이장네 담부락에 나불대는 천조각에 써진 걸 보니께 '친환경농업, 이제는 선택이 아니고 필수입니다'라고 딱 허니 붙어 있던디 우리라고 못헐 것 머시 있다냐, 이거제. 친환경재배단지를 우리 마을이서도 조성혀야 쓰겄다, 이런 말이제. 지난 번이 여그 앉어 있는 젊은 농약상을 모시고 토종씨앗 야그를 혔는디 그 말인즉슨, 유기농이다, 이것 아니더라고. 요새 뚫린 입 두고 사는 이들이면 죄 그 질만이 살 질이다, 허니께 말여. 그란디, 그게 말처럼 쉽덜 않혀놓응게 이참에 그런 야그를 혀 보자 혀서 이러코롬 다시 모이도록 혔다, 이겁니다. 자, 그리서…,

이목양반이 잠시 뜸을 들이고 있는 곽 노인의 말을 피라미 먹잇감 채듯 낚아챈다.

－딱, 한 소리 짚어야 쓰겄네, 이.

－낮은 구름 보고 우산부텀 핀다더니 개발으원 야그가 안죽 더

남은 것맹인디, 쪼매 지둘리지 않고넌.

이목양반의 부풋한 말품을 화동양반이 다조지듯 단속하고 나선
다. 어느 마을이고 간에 친불친親不親이란 있는 터였다. 곽 노인네
와 화동양반네가 낮은 돌담을 사이에 두고 음식 서로 이엄이엄 나
누며 살아온 앞뒷집이라 했다.

─달밤이 도깨비 춤추대끼 꺼덕대고 그러는가, 자네는.

이목양반이 우집듯 쏘아부친다.

─아 달르고 어 다른 벱인디, 꺼덕댄다니.

중중거리는 화동양반을 이목양반이 흘깃 내립떠 낮추보고는 곽
노인에게로 다시 말길을 튼다.

─우리 동니 펭균 여녕이 멫인지 모를 리 없것제? 70여명 사는
디서 자그만치 69여. 육십아홉이란 말이시. 막가지 안 짚고는 서
서 댕기덜 못허는 80 노구가 여덟, 아홉이나 있는 디서, 새치로 멀
헌다는 거여, 시방.

─안즉 팔다리 심 남아도니께 철마다 여행 싸댕기고 오장육부
실혀서나 막걸리통 지고는 못 가도 뱃구럭에 출렁출렁 담아 갔고
는 가는 이녁이 그게 먼 소리당가. 보리 수매꺼정 허고 있음서나.

막걸리잔 든 이목양반의 힘줄 돋은 팔뚝을 곽 노인이 힐끔 쳐다
보며 두동진 이목양반의 행태를 된통 짓씹는다. 입안에 들이부은
막걸리를 꿀꺽 삼킨 이목양반이 손등으로 입가를 쓰윽 문지르고
는 되알지게 속내를 꺼내놓는다.

―보리야 뿌려 놓기만 허먼 손 댈 것도 없이 지가 저절로 영그는 거시긴디, 심 있고 없고가 무신 문제라고 그려, 시방. 글씨 나 말은 인자 우리 입구녘에 넣고 자석들 사는 서울로, 어디 APT로 죄 보내고 나먼 농사 끝, 아니더라고. 지금 동니서 그나마 젊은 놈들 서넛 빼고는 다들 그러코롬 짓고 있는 거 뻔히 알고 있음서 새삼시럽게 무신 억만금을 산다고 유기농이니, 친환경이니 허냐, 이거제.

길게 숨 한 번 몰아쉰 뒤 이목양반이 여전히 핏대선 어투로 이어간다.

―글고, 여그 앉아 있는 50줄 이상 이장 또래 두엇 있다고 허드라도 몇 년 안 가서 저 사람들도 골골허는 시상이 될 것이 뻔한 이치인디. 이녁은 또 먼 심이 안즉 남아서 무신 일을 꾸밀라고 허냐, 이거여. 인자는 핀한 시상 살자, 이런 말이제, 나말은, 흠흠.

―저런, 저런. 그러니께, 촌것들이란 소리나 듣제.

―그렇게, 이녁이 막무가내로 우겨서나 뻘밭을 논으로 맹글어 놓은 뒤로 입때껏까장 회관이 모었다 허먼 이러니저러니 뒷말이 튀어나오는 거셔, 젠장맞을.

―말 한 번 잘 혔네. 입에 풀칠도 못 허고 죄우, 죄우, 살던 동니서 자석들 대처로 보내고 이녁 자석맹이로 대학물 묵은 놈들도 몇이나 안 나왔당가. 뻘밭 기고 다님서 짠물 뒤짚어 쓰던 거시기서 땅 갈고 흙냄시 맡고 살게 헌 그기 누구 덕인디 인자와서 어쩐

다고?

곽 노인의 응수 또한 날카롭다.

이장, 정두중의 말에 따르면, 서촌마을은 낮으막한 뒷산의 산밭 일구고 마을 앞으로는 죄 합해 인근 초등학교 운동장 두어 배쯤이나 될 성 싶은 논에서 겨우 식량이나 대던 마을이었다고 한다. 그나마, 마을 옆으로 반의 반 마장 정도 떨어진 지점에 남해안의 전형적인 리아시스식 깊숙한 만灣을 이룬 뻘밭에서 곧잘 바지락이며 꼬막 등속을 캐어다 밥상에 올리고 남은 두어 소쿠리 장에 내다팔던 궁핍한 농어촌이었다. 그런 터에, 간척사업으로 인해 농어촌에서 아예 농촌으로 바뀐 것이었다. 물론, 지금도 1.5톤짜리 낡은 동력선을 저쪽 바다 가까이에 있는 이웃 포구의 선착장에 메어두고 있는 집이 없는 건 아니나 그건, 면세유를 타다 쓰려는 꼼수일 뿐 바닥(바다) 일에 나설 노인들도 이제는 없다는 것이었다. 딴은, 대규모 간척사업도 아니었다. 동네사람들끼리 열두어 마지기씩 불하받을 정도의 물막이사업이었다. 새마을사업이 한창 진행되던 시절에 이곳 남해안 일대에 국가사업으로 추진된 간척사업이 독려되고 있을 즈음해서 관청에다 알랑방귀 뀌며 조금 공들이면 될 성 싶던 차에, 그나마 면面사무소에서 말단으로 있던 곽노인의 힘도 한몫 보태어져 쉬이 이뤄진 일이었다. 천한 대접 받는 바닥일 제발 그만 두고 가까운 화동리처럼 논두렁 밭고랑에 나앉아 피 뽑고 김매고 싶어 안달이었던 게 원수 같은 생각이었다고 되짚어 후회한들 소용없는 짓이었다. 지금으로 보자면, 뻘밭에서 건져내는 수익이 전답田畓에서 소출한 것과 비교도 할 수 없어 더욱이나 아쉬움이 컸다. 그때 그 일을 앞장서서 추진했던 곽 노인에게 싫은 소리 한 마디씩 가끔 내던지기도 하지만 그나마, 마을 대소사에 곽 노인이 나서지 않으면 성사가 잘 안 된다는 것이었다.

이목양반이 속내를 다지려는 듯 사발에 막걸리를 천천히 따라 놓는다.

─바지락, 꼬막 등속을 몇 가마니 둘러업고 시장바닥으 내놔봐야 쌀 한두 됫박 사면 그만이던 때 허고 쌀끔이 되레 바지락 끔으 반만도 못허게 된 지금 허고 견주는 것은 시세時世를 몰르고 나불거리는 어불성설이다. 다시 말혀서, 당시 간척사업은 잘 헌 거시기다, 그러코롬 여기고 있제, 나는.

이목양반이 한 발짝 물러서는 듯했다. 잠시 말을 끊고 막걸리 한 잔 쭈욱 들이붓고는,

─그런디, 나가 말 허고자 허는 거시기는, 그 때게 바닷물 막음서 서로 이러쿵저러쿵 허는 논으論議도 없이 마을 사람들을 아조 둘되게 보고시나 이녁 혼자서 주물딱주물딱 혀 놓응게 지금도 마을이 찌그락짜그락 허지를 안 허능가, 허는 야그제. 그러니, 이번이 또 무신 일을 꾸밀라고 헌다치면 저번이처럼 혼자서 꿍꿍이속으로다 허덜 멀어라, 이거여.

곽 노인의 일버릇作風인 모양이었다. 이목양반이 각단지게 짚어

낸다.

―허먼? 거그서 나서 보잖고.

곽 노인이 버럭 성깔을 낸다.

―마을 개발으원이라고 혼자서 지지고 볶으고 다 헐라 허먼 안 된다, 이거제.

―찢어진 입이라고 아무 말이나 내뻗으먼 되는 거여, 시방.

―캐캐묵은 야그는 그만 접어뿝시다. 시도때도 없이 워째 그런다요. 강사 선상 오래 지둘리게 허먼 실례니께 인자 야그를 한 번 들어봅시다, 요.

이장이 말막음하면서 판세를 끌라는 눈짓을 건넨다.

간척사업을 하는 과정에서 어떤 내막이 있었는지는 모르지만 농촌마을을 돌아다니다 보면 의외로 농촌공동체가 무너져 있는 걸 확인하게 되는 것이었다. 서로 갈라지고, 찢어지고, 등 대고 사는 경우가 의외로 많았다. 무슨 개발이다, 저리영농자금 대출이다, 해서 이른바 눈 먼 돈이 쏟아지자 마을 사람들끼리 혹은 갑계원들끼리 또는 농민회면 농민회, 작목반이면 작목반끼리 서로 겹보증을 서면서까지 끌어다 쓰면서 농사에 퍼부었다가 죽을 쑤기도 하지만 대처에 나가 있는 자식들 사업자금으로 대주는 경우도 적지 않았다. 그러다 보니, 하우스농사 몇 해 말아먹고는 밤봇짐 싸고 줄행랑을 놓거나 자식들 사업이 잘못되어 부도가 나면 줄부도로 망하기도 하고 동네가 모두 쇠고랑을 차게 될 지경에 이른 경우 또한 있었다. 설상가상, 농업인구의 급격한 감소와 고령화의 급속한 진척으로 인해 마을회관을 중심으로 한 대의代議문화까지 야금야금 사라져가고 있는 상황을 목도하면서 서글픔을 짓누를 수 없었다.

―영화 한 편 우신에 봅시다요. 우리말로 돼놔서 이번이는 쪼매 나을 것이고만요.

―흉년이는 배암도 조이삭을 먹는 벱이니께 더운 밥 찬 밥 가릴 것 없다, 이거제이? 기생 말년에 좆 큰 놈 만내분 형국일세, 그랴.

'망구들' 오지 않아 그런 지 화동양반이 거시기 하게 양념을 친다.

프로젝터를 서둘러 작동한다. 일일이 맞장구쳤다간 뭇방치기를 자못 즐기는 화동양반의 입에서 깨진 독 서슬 같은 언사를 또 다시 들을 것만 같아서다. 불을 끄자 빠르게 영화 속으로 빨려드는 분위기다. 〈위험한 연금술〉(주2)은 7월 4일자로 KBS에서 방영한 환경스페셜 다큐멘터리였다.

불을 켜자 화동양반이 먼저 나선다.

―인자 보니께, 저그 '몬산' 머시라고 허는 저 회사가 근사미 맹근 회사라는고만, 이.

―월남이서 밀림密林으다 들입다 붓어분 고엽제도 거그서 맹글었다느만요.

이장 말에,

-근사미 털어넣고 죽은 구신덜이 이 골 저 골, 안직도 혼백으로 떠돌 거시기네마는….

-금메. 숟가락 놓을라치면 딱 한 모금이먼 확실허제, 지금도.

이목양반이 그렇게 죽은 피붙이라도 있어 회억하는 듯 지그시 눈을 감는다.

-근사미 허옇게 뿌려대도 그 속에서 푸릇허니 사는 콩 종자는 얼마나 독허까이?

-심구고 있잖여, 다들.

-양석食糧이 아니라 독약이제, 독약.

-살리는 것이 아니라 죽이는 것이라고 허지만 근사미 안 치고 그 종자 안 심구면 애시당초, 콩으로 메주 쓸 일도 없을틴디, 어쩔 것인가?

-그러게 말이시. …그런다고 허지만도.

-공판 혀서 돈 사문서도 껄쩍지근허제.

-내다 팜스나 누군들 맴 핀히 묵는 사람 있당감?

-콩 헌티도 죄 짓는 짓이제.

-옛날이넌 약 안 쳐도 싹 잘 나고 열매 잘 여무는 씨앗이 많었는디….

-여그 땅 허고 기후에 딱 맞는 종자니께 그랬제.

-씨앗 챙기는 것도 한 짐 아니었더라고. 명년이 지슬 씨앗 챙겨 두고시나 괭이고 낫이고를 갈무리 혔으니께.

-금메, '나락씨는 봉태기에 담아 시렁에 얹어두고 조와 수수는 이삭째 엮어 방 안 보꾹에 매달아 놓'(주3-1)덜 안 혔다고.

　-그랬제. '참깨씨, 팥씨, 녹두씨 같은 자잘한 것은 무명주머니에 담아 역시 보꾹 서까래에 달아 놓'(주3-2)았고.

　-'목화씨는 박두구미에 담아 바깥 처마 밑에 매달아두고 삼(대마초)는 촘촘하게 엮은 짚오쟁이에 담아 역시 서까래에 매'(주3-3)달아서 '쥐한테 먹히지 않고 바람이 잘 통해 씨앗이 썩지 않도록'(주3-4) 단속혀 놓고서야 발 뻗고 잤제, 옛날이는.

　-옛날은, 무신. 바로 엊그제 같고만.

　-먹고 살어야허니께 양석이다 싶으면 이것저것 죄 심궜다고, 안.

　-그러게. 씨앗도 씨앗도 수가 백 가지라. 나, 기억만으로도 '돼지나락, 까투리나락, 쌍두배나락, 오두바리수수, 눈까막이수수, 개파리콩, 어금니콩, 게발차조, 개똥차조, 물푸레차조, 오누이강냉이'(주3-5), 하이고, 숨 넘어 갈 만큼 많았제.

　-어렸을 적 경상도 우리 어매 허던 말씀 생각나네. '야아들아, 자지감자캉 보지감자캉 한데 두지 마라, 바람피운다.'(주3-6) 그 말 듣고 우리 어매 입심 걸다 허문서나 얼굴이 얼매나 빨개지던지. …어려서 그랬제, 이.

　기실, 영화는 양념일 따름이었다. 굳이 영화 이야기를 판의 중심으로 끌어들이지 않아도 되는 것이었다. 이런 자리 자체가 아예 이뤄지지 않은 연유여서 농민들 스스로 속내를 드러낼 수 없었을 뿐이었다. 농민들 가슴에 옹송그레 똬리를 틀고 들앉아 있는 건, 이런 농심農心이었던 것이다.

─결론적으로 유기농이다, 이거 아니라고.

곽 노인이 메지를 내자,

─워따, 워따. 토종씨앗이라느만 그러네.

이목양반이 암팡지게 못을 박고 나선다.

─그게, 그거제.

─토종씨앗이 바로 우리, 아니더라고.

누군가 맞장구치고 막걸리 한 순배씩 흔쾌하게 돌려진다. 마음이 이렇게 모아진 적도 근래에 없었던 듯 정두중 이장이 흐뭇해하는 눈치다. 서촌마을 회관 밖으로 흘러나오는 웃음 듣고, 입추 앞둔 하현달 또한 잔잔한 미소를 머금는 것이었다.

3. 땅도 살리고 농촌도 살리는

─머시라 그런당가?

쉬잇, 하면서 곽 노인이 '지둘려 봐' 하는 손짓을 내보인다.

─채소전菜蔬田은 어렵다고 허니께 알다시피, 우리 마을 답畓이 모다 간척지라서 쌀농사만이라도 '친환경재배단지'로 가능허겄다 싶고, 또 몇 년 전서부텀은 딱 한 번 치거나 거의 안 허는 저농약

쌀을 수확허고 있어나서 마을이서 단지를 지정혀도 암시랑토 괜찮다고 허니께, 간판 맹글어 달았다, 이거여. 그리혀 놓으면, 거그서 소리쟁이, 자리공이서 뽑은 추출액을 준다기에 신청혔는디, 안된다면, 머시냐, 이거제.

　-정해진 규정… 물량이 적… 기간도 지….

　-이유가 그거여?

　-지가 결정… 게, 아니….

전화기 저쪽에서 건네지는 몇 마디가 틈틈이 들렸다.

　-규정, 규정, 힜쌌는디, 그게 무신 벱이랑가?

　-….

　-새칠로 시작허는 디를 우신에 줘야제 거그서 정 허는 대로 따라 오이다, 허면 그거는 아니다, 이거시제.

　-….

저쪽에서 아무런 응대가 없자, 곽 노인이 더욱 분을 내어 짱알짱알 퍼지른다.

　-나도 국가 녹을 삼십년간이나 먹다 나온 사람여. 말 허자면알 것, 모를 것, 안즉도 머릿속으 다 입력되아 있다, 이거여.

　-곽 주사님. 지가, 잘 알지만….

　-안다믄서 물량이 어쩌니 기간이 저쩌니 험서 요리조리 빠져나가기만 허능감?

　-….

수화기를 든 쪽에서 짓는 심드렁한 표정이 훤히 보였다. 이런 투의 대거리에 대처하는 그네들의 응수라는 게 고분고분 들어주는 척 하며 전화를 건 쪽에서 먼저 지쳐 떨어져나가게끔 느글느글 잡아끄는 것이었다.

―김 주사가 그런당가? 이리 건네 보소이. 나가 한 소리 헐랑게.

이목양반이 전화기를 건네주라 한다. 농업기술센터 00상담소 김 주사라면 둘째 아들 친구라 했다. 곽 노인이 이목양반에게 손사래를 치며 바싹 죄어친다.

―글면, 거그서 우리헌티 혀주는 거시기가 머여, 도대체.

―잔류농약 확인…, 친환경인증… 단지 별로 혀주….

―그걸 몰라서 허는 소리가 아녀. 자네가 하도 깝깝시랍게 구니께 허는 말이제.

―….

―미꾸라지맹이로 빠져나갈 구실만 대믄서, 이 마을 저 동니 나래비 세워 갔고 준다커니 못 준다커니 험서 책상에만 주질러앉어서는 이장헌티 전화로 이리라, 저리라 안즉도 권이주으를 내보인다치면 그기 지금 어느 시상으 자세냐, 이거여, 시방.

―….

말이 없자 곽 노인이 목소리를 한층 더 치켜세운다.

―젠장헐, 거그서 영농교육 헌다치면 동니 사람들 죄 끌어 모아서 참여를 허곤 혔는디 인자는 아니다, 이거고만. 말이 나왔응게

한 마디 보태자면, 65세 이상 농민들헌티는 앞으로 보조금도 안 준다고 허는디, 그럴라면 차라리 죽여부러라, 이거여. 촌구석 어디고 간에 사오십 줄이 몇이나 된다고 거그다가 다 준다니… 그거이 말이여, 막걸리여.

―자다가 봉창 뜯는 야그를 헌디야, 시방.

이목양반이 다시 수화기 주라며 말막음을 하고 나선다.

―그러게. 거그다 대고 헐 소리는 아니고마는.

화동양반 또한 거들고 나선다. 앞뒷집의 친불친 관계라 해도 잘못 짚은 말푼수라 여기는 듯했다. 나는 화동양반을 처다보며 자잘한 웃음을 건넸다. 곽 노인이 화동양반을 힐끔 건네 본다 싶더니, 저쪽에다 대고 말대포를 쏘아대는 것이다.

―말이 났응게 허는 디 아예 죽여주라고 헐 판여, 인자는. 그리서, 11월 11일 서울서 헌다는 전국농민대회, 거그 가면 육오 이상은 모다 죽여 준다니께 다음 주 전국농민대회에, 여그 서촌마을서는 지팽이 짚고 나뎅기는 팔공 축들 빼고는 다 갈틴게 알아서들혀, 시발놈으 시상.

―그런 야그… 여그으다 헌…? 번지수 틀,

말길 한 번 트였다 하면 그냥 내지르는 성깔인 듯싶다. 곽 노인이 저쪽 말을 싹둑 부러뜨려버린다.

―번지수가 틀리긴 머가 틀렸다는 거여. 농사판이 엎어진 시루판이라는 걸 누구보담 더 잘 알고 있는 거그서 그러코롬 나오는

디, 다른 디서는 볼짱 다 본 것 아니더라고. 적어도 나 말은, 그짝 이서 먼첨 이리허고 저리허니 우에다 더 요청혀서 줄 수 있도록이 허것씀다, 혀야지. 나 몰라라 허고 뒷짐지고 앉어만 있으먼 우리 늙은 농민들을 한숨이서 건져줄 디가 어디냐? 이거여. 그러니, 11월 11일 서울서 헌다는 농민대회 가서 이런 거시기를 죄다 고하고, 죽여주라 목심 내 놓겄다는 거시제. 내 말이 틀렸는감?

─씨도 안 멕힐 야그 험서 머시라고 핏대를 세운 디야?

이목양반이 헛다리짚는 곽 노인을 타박한다. 농민대회에 참가한다고 하는 건 아무래도 기밀유지 사항이다, 싶은 것이다. '푸른 농약사'의 젊은 농약상이 권하는 집회 참가지만 관官에다 미리 알릴 필요까지는 없지 않나 싶은 속내였다.

─아니, 이녁은 배알도 없고 쓸개도 없남.

곽 노인의 앙칼짐에,

─무신 소리여, 시방. 허벅다리걸기건 바깥다리걸기건 걸고 넘어지기라면, 거그 보담 내가 한 수 더 위제. 그러니께, 나 말은 기술센타으다 대고 백날 떠들어 봤자 입만 아프다, 이거여.

─여그 건, 저그 건, 가리고 자시고 헐 계제가 아니다, 이거제. 늙은 농민들 생매장 허것다는 시상世上 꼬라지를 볼 짝시면. 어디다 대고라도 한 판 붙어야, …아, 가만. 이런 쥐봉알 같은 놈 보게나, 이. 전화를 끊어 부렀다고, 안. 이런 잡녀르,

말끝을 접고 곽 노인이 막 회관문을 박차고 나서려 하자,

―놔둬 불세. 우리가 언지는 관것들 보고 논두렁밭고랑으 나댕겼당감?

화동양반이 거들고 나선다.

―그려, 그러제. 인자는 우덜 저 깊은 속이서 우러나는 맘으로다가 논밭 일궈야허니께 거그다대고 심 뺄 것도 아니란 말이시, 이.

누군가 그렇게 덧붙이자, 늙은 농사꾼들이 고개 주억거리며 한통속이라도 된 듯 회관 마당으로 나선다. 담배 생각이 간절한 탓이었다. 남녀가 둥게둥게 앉는 회관 안에서 담배는 언제부턴가 금지였다. 마당으로 나가 피우게 된 풍토가 은연중 자리잡은 것이었다.

담배 한 모금 베어 물고 하늘을 쳐다본다. 아닌 게 아니라, 할망구들 입김이 거세진 것에 배알이 꼴리지 않은 건 아니었다. 하지만, 이것도 한 걸음 진화되어 나아간 풍습인 것인즉 된통 틀린 것만도 아니라는 생각이 드는 것이다. 담뱃불 붙여 문 늙은 농사꾼들이 새삼스레 폐부 깊숙이 연기를 빨아들이며, 흠흠거린다.

이목양반이 연기를 내뿜으며 검지를 추켜든다.

―저 봐, 저그.

이목양반이 가리키는 들녘으로 무와 배추, 생강, 당근 등속의 가을 소채들이 푸릇푸릇 키를 세우고 있다. 곧 김장 시장에 낼 남새였다. '푸른농약사'에서 건네받은 토종씨앗으로 파종한 작물이다. 토종씨앗을 끝내 지키겠다는 사훈社訓을 내걸고 있는 〈농우바이오〉사와 〈흙살림〉이라는 농민단체가 연계하여 농촌에 보급하고 있는 재래종 씨앗이었다.

　－땅심을 키워놓응게 보기에도 실허드만요.

　줄곧 곽 노인과 이장을 통해 지력地力을 키우도록 독려했다. 우선 흙을 살리는 게 초기 유기농의 필수였다. 발로 뛰어 일군 세 번째의 토종씨앗 재배 마을이었다. 들녘을 질러온 늦가을 바람이 얼굴에 닿았다. 차갑지 않다. 나는 새삼스레 바람에 실려온 풋풋한 흙내음을 크게 들이마신다. 흙내음에 젖어드는 건 나만이 아닌 듯했다.

　－땅도 살리고 농촌도 살리는….

　'…거시기가 유기농이제' 하는 소리는 입안에서 굴리며 곽 노인이 고개를 끄덕인다. 농업기술센터 김 주사를 패대기치는 건 나중에도 할 수 있는 일이렸다. 곽 노인이 담배 한 모금 깊숙이 빨아댄다. 곽 노인이 힐끗 나를 쳐다보고는 노래진 이 드러내며 웃는다.

　서쪽 하늘로 노을이 시나브로 내려앉고 있었다. 들녘을 건네 보는 석포리 서촌마을 늙은 농사꾼들의 가슴 속에 불일듯 일어서는 농심이 그래, 불꽃너울이, 버얼겋게 피어오르는 것이었다.

(주1)미국의 다큐멘터리 영화감독 데보라 쿤스 가르시아가 2004년에 만든 영화

(주2)유전자조작(GMO) 식품의 재앙을 다룬 KBS 이강택PD의 다큐멘터리

(주3-1~6)『문학동네』2006년 가을호, 권정생선생님의 〈토종씨앗의 자리〉

에서 인용

그의 블로그 Blog

"마을 들어섬서 입석立石도 못 봤네?"

"눈에 콩깍지가 씌였던가베요."

땡볕에 졸음 겨운 강아지처럼 눈꺼풀이 끄먹끄먹 내려앉았다.

"안 볼껴?"

"빠져나와 부렀는디요, 인자."

이번 채집지는 군내郡內였다. 아랫녘 바닷가 K군, B군 쪽이 아니었다. 언제든지 다시 들고날 수 있는 인근이었다. 그래, 납덩이 같은 눈꺼풀을 부비며, 시큰둥하게 대답했다. 졸음이 몰려왔다. 며칠 동안 퍼부은 술탓이기도 했다.

여름날 최적의 쉼터인 다리 밑, 수동교水洞橋 아래로 내려가 낮잠을 청하기엔 그래도 선배인 권 부장에게 좀 지나치다 싶어 나무 그늘 아래 차를 세우고 무람없이 눈을 붙이려는 내게 그가 지청구를 해댔다.

"무신 잠이라냐, 샛똥빠지게."

권 부장의 채근을 한쪽 귀로 흘렸다. 의자를 한껏 밀쳐 몸을 길게 뉘였다. 차창 사이로 바람 한 줄금 휘익 지나며 머리칼을 쓸어 넘겼다. 상큼한 바람이 자장가처럼 느껴졌다.

"갈 질이 수월찮다니께, 그러네."

소나기밥에 체한 얼굴로 빤히 내려다보는 그를 몰라라 하며, 몸을 외로 꼬았다. 체한 건 정작, 나였다. 어쨌거나, 채집 분야에서 이력이 붙은 권 부장이었다. 또한 이 지역 출신이었다. 인근 지형을 손바닥 들여다보듯 소상하게 알았다. 충청도에서 처가인 전라도 이곳으로 터전을 옮긴 지 5년째인 나는 아직도 군내의 면소재지는 들락거렸지만 자연부락까지는 잘 몰라 곧잘 헤매곤 했다. 그가 담배에 불을 붙이고는 차문을 열고 나갔다.

"안즉도 중천이구마는 그라요."

실눈으로 중천볕 한 번 올려다보고는 눈꺼풀을 후다닥 닫아버렸다. 몇 군데 더 들려야 했다. 오산마을 이장에게선 옥수수와 조, 쥐눈이콩 등 흔해 빠진 씨앗 서너 가지를 수집해 놓았다는 전갈을 받아놓고 있었다. 안골과 한천마을도 지난번엔 그냥 지나쳤었다. 오늘은 꼭 훑고 가야 했다. 생각이 거기에 이르렀지만 잠귀신에 홀린 눈꺼풀은 섣불리 치켜 일어서려 들지 않았다.

"연타석으로 홈런을 치드라니, 원."

내리 사흘을 주독에 빠져 있던 걸 두고 이르는 핀잔이었다.

"누구땀시 주야장천 들입다 술잔 부었는디라?"

누구를 탓할 일도 아니었다. 권 부장이 승진 가도에서 비껴 서 있긴 했으나, 그 또한 승진욕을 아예 접어두고 있는 게 아니었다. 권 부장이 자신의 처지를 밀쳐두고 앞서 나를 먼저 생각해 주리라 여긴 건 요망사항일 뿐이었다.

"또 내 탓허는 디."

권 부장이 손사래를 쳤다. 그의 말을 내가 토막냈다.

"그걸 다 주라 헙뎌, 내가. 쪼매 나누자고 허는 것도 하도 내차 게 마다해부니께, 이러코롬 성질을 부리는 거지라."

올해부터 멸종 상태에 이른 토종씨앗을 채집하여 납품하게 되면 인사고가와 보너스가 주어졌다. 본사로부터 실적 평가에서 낮은 등급을 받은 지사장의 지시라고 했다. 토종벼 종류 중 이제 거의 멸종 상태인 다사금장망을 입수한 권 부장이 그걸 내게는 한 톨도 건네지 않고 남김없이 회사에 납품해버린 걸 꼬집는 것이었다.

비정규 한시직인 채집사원에게는 보너스만 주어줬다. 내가 보너스에 욕심을 내서 다사금을 손에 넣으려고 한 게 아니라는 걸 그는 익히 알고 있었다. 딴은, 그는 자신의 고향인 이 지역에 오랜 기간 머물러 있지 않고 다시 본사로 올라갈 사람이었다. 인사고가에 반영되는 이른바 '물건'을 입수한 걸, 굳이 내게 넘길 위인까지는 아니라는 점 나 또한 모르는 바 아니었다. 하지만, 그가 내게 채집사원으로 일해 줄 걸 권했을 때, 내가 선뜻 응하게 된 내막을 그에게 긴요히 전했었다. 나의 심지를 한껏 동의해 준 건 그였다.

권 부장은 C 종묘사의 토종씨앗 수집팀 중간 간부로 일하고 있었다. 임시직인 채집사원을 모집하고 독려하여 일정 지역의 토종씨앗을 단기간에 사재기하는 다국적 기업의 자회사인 C 종묘사 사원이 되어 있었다. 각 종묘사마다 설립해 운영하고 있는 씨앗은 행에서 토종씨앗 채집사원을 뽑아 매집에 나서고 있는 건 이미 알려진 사실이었다. 권 부장은, 지역 연고자를 배치하여 실적을 배가하려는 회사의 방침에 따라 자신의 고향에 일시 파견되어 내려온 것이었다. K대 농대 선배이자 노동운동판에서 한 때, 생사고락을 같이 했던 선배가 자신의 고향에서 농약사를 운영하고 있는 후배에게 채집사원 입사를 권했고, 나 또한 우수 토종씨앗을 보존, 개량, 보급하면서 지역의 농민운동과 문화운동 그리고 지역경제 활성화를 모색, 관여하고 있던 차여서 합류하게 된 것이었다.

씨앗 채집은 우수종이건 비우수종이건 가리지 않았다. 굳이 비우수종까지 매집하고 있는 이유를 물었으나 그는 우리 땅에서 채종되는 모든 씨앗을 보존, 전시하기 위한 씨앗은행의 채집이라며 마땅하고 당연한 회사의 방침이라 했다. 이제는 누가 파종하지도 않아 보관하기에도 귀찮아하는 밭보리와 배추씨, 오이씨, 호박씨 심지어 종류를 가늠할 수 없을 만큼 흔한 옥수수 씨앗 그리고 비우수종까지 매집하는 까닭에 대해서 나는 일단 이의를 제기하지는 않았다. 씨앗은행으로서 모든 종의 종류를 다량 확보하고자 하는 건 당연한 책무일 수도 있겠다 여기며 접어두고 있었다. 기실, 다종다양한 생물종의 번식과 생산 자체가 현실적으로 가능하지 않게 된 게 이미 오래 전이었다. 소득의 창출과 확대를 위한 농업으로 생산방식이 바뀌면서 농업생산 품종의 선별과 식재 및 수확은 철저히 자본주의체제에 따라 지배되는 상황이 되어 버린 것이었다.

C 종묘사는 바로 그런 체제를 더욱 강고히 하고 있는 초국적 농식품복합체의 한국 내 자회사였다.

"눈두덩 붙이려 말고 퍼뜩 일어 나거라. 이 따우로 발품 팔어 갔고년, '물건' 같은 건, 택도 없는 소리다."

다사금을 입수하게 된 경로에 대해서도 그는 입을 다물고 있었다. 다사금은 사실 남도 쪽에서 보다는 중부지방 특히 충청도 쪽에서 지역저항성을 지니고 있는 볍씨였다. 친환경유기농업 지원과 확대를 위해 연구기관을 설립한 뒤 토종씨앗 보급에 앞장서고 있는 '흙살림'에서 개량화해서 시험재배를 거치고 있는 종자로 알려져 있었다.

"국밥집이서 먹은 나물 찬이 맛이 간듯 허도만, 아랫배가 영 묵직허요, 시방."

'물건'에 대한 기대감이 바싹 솟고라지지 않기도 했지만, 뱃속마저 메스껍고 묵직한 탓이었다. 눈두덩을 내리감은 채 심드렁하니 대꾸하는 내게 권 부장이 속내를 읽었다는 듯 다시 채근을 해댔다.

"항꾸네 먹은 밥에 니만 그런 건, 술 탓이다. 암튼, 뒷간에도 갈 겸, 보고 가장게 그러네, 야가."

뒷간 이야기에 퍼뜩 변의를 느꼈다. 발칫잠이 풍선에서 바람 빠지듯 달아났다.

"고래심줄멩이로 질기네, 그랴."

차문을 열고 나가 입석 앞에 섰다.

수동水洞마을. 표지석의 궁체 글씨가 눈에 들어 왔다. 의외로 덩치가 컸다. 스물 남짓 되는 호수戶數에 비해, 입석의 풍체가 여간 나볏한 게 아니었다. 강바닥에 오랜 동안 누워 있었던 듯 보이는 단단하고 미끈하게 잘 빠진 돌이었다. 거무튀튀하나, 육덕이 듬직하여 귀공자다운 면모를 뽐냈다.

조선조 세종 12년1430년, 庚戌…. 마을의 내력이 빼곡히 적혀 있다. 여느 마을이건 초입에서 꼼꼼히 보고 새긴 뒤, 들곤 하였었다. 권 부장이 내게 전수한 채집 수칙 가운데 하나였다. 마을의 노인들과 말길을 트고 말 기운을 돋우는데 매우 긴요했다. 마을의 오랜 자취를 들먹이면 어르신들은 그만 깜빡 뒤집어졌다. 그려, 그려, 오래 됐제. 근디, 시방, 이렇게 쥐똥 싸놓은 것멩이로 드문드문 헐렁헌 마을이 되야 부렀다네, 원. 것도 몇 십년 사이에 그리 되었어. 그러기 말씸이요. 이 무신, 해괴한 짓인지 모르겠구만이라, 이렇듯 맞장구치며 거들고 나서면 금세, 먼 길 나섰다 막 돌아온 품엣자식 대하듯 하였다.

600여년의 세월을 품고 있는 마을이었다. 유장했다. 80년대 초반까지는 90여 가구, 500여명 가까이 되는 마을민이 살았단다. 스무 가구 남짓 남게 된 게 불과 30여년 사이라 했다. 이렇듯 오래된 마을이 언제 흔적도 없이 사라질지 몰라 내력을 이 돌에 촘촘히 적어둔다고 새겨 놓았다. 돌아와 고향에서 말년이라도 보내겠다고 하는 자식들도 없지만, 그나마 도시에서 거덜나 이제 살려고 내려온다 설치기라도 하면 애당초 발도 들여놓지 못하게 막아서는 게 또한 농촌의 아비와 어미 심경이었다.

방금 만나고 나온 마을 이장, 김 씨의 얼굴이 얼핏 떠올랐다. 육십 여덟으로 마을에서 두 번째로 젊은 축에 들어, 이름뿐인 마을 청년회장도 겸하고 있다면서 허허로운 웃음을 흘리던 김 씨였다. 수동리만이 아니었다. 시골이면 어디건 다 그랬다.

"여그 마을도 넉넉—허다, 참."

권 부장이 담배 연기를 길게 내뿜으며 회한이 담긴 투로 내뱉었다. 나는 그를 힐끗 건네 보았다. 다시 입석으로 향하려던 시선을 돌려 빠져나온 마을 안섶을 훑어보았다. 집집이 넓은 터에 양지발로 들어선 남향받이에다 배산임수의 터전이었다. 마을 옆 산, 옆구리에 들어선 저수지 둑에는 키 큰 자귀나무로 보이는 몇 그루가 붉은 꽃잎을 피우고 있었다. 따뜻하고 온후하게 눈에 차들어왔다. 마을 앞으로 흐르는 수동천 또한 제법 수량이 넘쳤다. 물 걱정 없이 논농사 지을 수 있는 수로와 마을 옆으로 꽤 넓직한 밭고랑을 둔 촌락이었다. 마을에 들 때엔 그 또한 흘려버린 풍치였다. 오늘따라, 눈에 잘 띄지 않던 올망졸망한 풍경이 나중에야 보였다. 어찌 동북풍 안개에 수숫잎 꼬이듯 했다. 거쳐 온 앞마을에서도 마을 안쪽 깊숙이 자리 잡고 있던 고즈넉한 정자를 되돌아 나오면서 보았었다. 하여, 앵글에 담지 못했다.

입석에 표기해 놓은, 마을이 열리며 심어진 수령 600여년 가차이 되었다는 느티나무가 우산각을 내려다보고 있었다. 우람한 자태였다. 어느 마을에서나 보게 되는 오래된 나무는 정겹기만 한 게 아니었다. 묘목에서부터 지금처럼 거목이 되는 수십, 수백 년 동안 마을의 대소사를 옆에서 지켜보고 위에서 내려다보면서 웃고 울기를 함께 해온 터라, 마을과 연관한 이야기를 가장 많이 품에 안고 있는 존재였다. 채집 나가면 앵글에 꼭꼭 담아두곤 하였다. 당산나무격인 느티나무, 팽나무 등 넓은 그늘을 거느린 큰 나무들의 기품 있는 자태를 담은 사진들이 8GB 용량 두 개의 USB에 저장되어 있었다.

오늘은 출발부터 달랐다. 권 부장이 동승하겠다고 따라 나선 것도 딴은, 그랬다. 일주일에 두 차례 정도 채집에 나서는 임시직으로 입사하여 처음 채집에 나서는 내게 그가 서너 차례 동행했을 뿐이었다. 그게 벌써 5개월 전이었다. 어쨌거나, 여느 마을에 들고나며 눈여겨보던 표지석, 당산나무, 우산각 혹은 그 마을에서만 볼 수 있는 특이한 풍광 등속을 곧잘 찾아내, 앵글에 담아두던 여분의 일마저 소홀히 했다.

권 부장이 다시 후욱, 연기를 길게 내뱉고는 담배를 비벼껐다. 그가 차에 타자, 나는 우산각으로 향했다. 이제 농촌은 어떤 풍광이라도 앵글에 담아둬야 할 가치의 문제였다. 기록으로라도 남겨둬야 할 보존과 존속이 중요했다. 씨앗 또한 그러했다.

팔각모양의 우산각에는 노인 몇이 눕거나 앉아 한담을 나누고 있었다.

"낯빤대기는 찍지 말어, 이."

요즘 들어 누구도 잘 입지 않는 모시옷을 입고 가부좌를 틀고 앉아 있던 노인이 내 쪽을 건네보며 손사래를 쳤다.

"내도 마찬가지여."

함께 앉아 있는 노인도 덩달아 저어하며, 고개를 팽 돌렸다. 그게 말인사라는 걸 나 또한 익히 아는 터였다. 사진기의 앵글은 우산각에 그늘을 드리우는 느티나무의 맨 위쪽 가지 끝에 앉아 지지배배 지지배배 지저귀며 낮도 가리지 않고 짝짓기하고 있는 조류鳥類에 맞춰져 있었다.

"지난 번, '여섯 시 내 고향'인가 허는 디에 쭈구렁쭈구렁 혀갔고 나왔다고, 막내딸년이 쌩 지랄를 허드라니께."

이마와 볼 주위로 주름고랑이 깊게 패어 있다. 나는 얼른 사진기를 내려놓았다. 나중의 작업이었다. 씨앗 채집하러 나가면 으레

신고 다니는 아이스박스를 꺼냈다. 권 부장이 마른안주를 챙겼다.

"다리 너메까장 갔다가, 멀 놔두고 간 게 있다고 다시 왔디야?"

마을을 들고나는 축들을 눈여겨보는 습성은 어느 마을이건 같았다.

"찰랑찰랑 흐르는 개천을 봉게 발 당구고 있으면 신선이 따로 있간디, 허겄던디라. 물 대느라 양수기 빌리러 댕기지 않아도 되고, 마을이 참 안온허네요, 이… 어르신들 안 보고 가면, 지들 마음이 서운헐 것 같아서라."

너스레 몇 마디 앞에다 달고, 뒤에 내심을 드러냈다.

"인근에 이런 동니는 없제. …근디, 서운헌 것도 징허게 없능갑네."

"무신 말씀을요? 농민 어르신들이 인자는 국보급 인사들인디라."

쩌그, 당신 고향인 김해 봉하마을로 낙향해 사시다가 훌쩍 시상을 떠부신 그 냥반께서 헐라고 혔던 것멩이로 인자는, 이러코롬 저러코롬 농사짓는 냥반들이 참말로 귀헌 냥반들이제라, 허는 말품은 입안에 가둬버렸다.

실로 그러하다는 생각을 나는 진즉부터 가지고 있었다. 오늘날의 농민들이 누군가? 21세기 전 인류적 화두인 환경과 식량문제를 풀어내는 가장 앞서있는 활동가가 아니런가, 말이다. 어느 농민단체에서는 국가유공자로 대우해 줘야 한다는 주장도 내세우지만, 그게 빈말이 아닌 시기가 곧 도래할 것이라고 여기고 있었다.

"덤받이 같은 농사꾼을 두고, 국보급?"

'낯빤대기' 노인이 반문 하면서도, 군침이 꿰는 듯 내가 들고 온 아이스박스와 권 부장이 들고 서 있는 마른안주를 번갈아 힐끗거렸다.

농촌의 어르신들은 사람 가리는 법이 별반 없다. 어느 길손인들 우산각에 들면 자리를 내줬다. 땡볕에 냉기 가신 물이라도 목을 축이라며 한 사발 우선, 들이밀곤 하였다. 몇 마디 나눈 뒤에는 당신 집으로 우격다짐해서 끌고 가 찬 없는 밥상을 내놓고는 이내, 한 숟갈 더 들이미는 인정이 여직 남아 있었다.

"터진 입이라고 함부로 내뱉는 겨, 시방."

'여섯 시 내 고향' 노인 또한 끙, 했다. 주름진 이마에 몽니가 도드라졌다. 젊었을 적엔 한가락 했을 법한 노인이었다.

"농담이라뇨? '일국의 농민'이라는 말도 있다니께라."

히죽, 웃으며 나는 얼음 속에서 막 꺼낸 맥주를 잔 가득 따라 돌렸다.

"땡볕에 앞바람 보담 훨 시원헐 거싱게 쭈욱, 드시게라."

두 노인이 잔을 받아, 냉큼 비웠다.

"게 눈 감추듯 헐람서, 말뻔새들 허고는."

목침에 머리대고 누워 있던 어르신 두엇이 부스스 일어나 앉았다. 그 중 온통 백발인 노인이 '낯빤대기'와 '여섯 시 내 고향' 두 노인을 탓하며, 맥주와 안주를 번갈아 건네 보고는 입맛을 다셨다. 얼른, 잔을 돌려 채웠다.

"그란디, 옛날이사 달걀 노른자위 같았지만 지금은, 똥친 막가지멩이로 어디 둘 디도 없는 씨앗 나부랭이럴 머헐라고 사제는 거셔?"

백발노인이 너희 놈들 꼼짝 마, 하듯 짚어냈다.

"어찌코롬 아셨대요?"

"굴뚝 연기 매운 냉갈 맡고서야 과부집입네 허는, 그런 콧구녕이라면 애시당초 달고 다니지를 말어야제."

"아따, 어르신 코가 사냥개 그것멩이로 우뚝허네요."

권 부장이 개코는 개코이되, 오똑한 개코라며 슬쩍 눙치자,

"음마, 딱 맞춰 부네. 젊었을 적엔 인근 처녀들이, 박 씨, 저 코만 보고 고것도 큰 줄 알고 나래비를 섰더라네. 흐흐흐."

"안엣놈이건 바깥 치들이건 똑 한 통속이네, 그랴."

오똑 날이 선 듯한 콧잔등을 쓰윽 한 번 훔치고는 저녁 굶은 시어미 상으로 대꾸하는 박 노인의 빈 잔에다 권 부장이 거품 허옇게 일도록 맥주를 따랐다.

"속빈 강정멩키로 왜 이리 딸어."

거품을 많이 내는 권 부장을 흘겨보는 박 노인의 이마에 굵은 이랑이 도졌다. 가라앉는 거품 위에 내가 후다닥 잔을 채웠다.

"요새는 개 팔어, 염소 팔어 허고 댕기는 치들보다 씨앗 사러 댕

기는 축들이 더 많당게. 트럭 대가리에 붙은 스피카에서 대고대고 소리 지르지 않고, 이녁들처럼 쫙 빠진 검은색 자가용 타고 다님서 뒷짐 떡 허니 지고, 내색 없이 대니니께 그러제."

벌써 여러 차례 훑고 지나간 흔적이었다. 타 종묘사들이 채용한 수집상이거나 종묘사의 씨앗은행에 고가로 납품하고자 하는 '물건' 위주의 개인 채집상일 것이었다. 기실, '물건'은 절멸 상태였다. 무른 메주 밟듯 구석구석 들쑤시고 다녔다면 근동에서 '물건'을 입수하기는 글렀군, 하는 생각을 갖게 했다.

"금메, 땅 파묵고 사는 사람 같지도 안 헌 치들이 그리고 다니니께, 더 이상허등만, 이."

박 노인 옆자리에서 우리를 거들떠보지도 않던 노인이었다.

"씨앗 사서, 잘 보관허고, 전시헐라고 그러제라."

권 부장 말에,

"나, 김金 간디, 촌노들이라고 속일라 허먼 못쓰제."

김 가라 하는 노인이 빈 잔을 탁 내려놓으며 대거리를 해댔다.

"시랑에 걸어두기도 머혀서 인자 돈 살라 허는 게 있기는 헌디?"

상황을 재고 있었던 듯 '여섯 시 내 고향' 노인이 분위기도 바꿀 겸해선지 맨 먼저, 씨앗이야기를 슬몃 꺼내자,

"아이고, 어르신. 지들이 금 좋게 쳐 들일께라."

대뜸, 응수하는 것이었다. 서두르면 안 되는 게 흥정이라는 걸

권 부장이 모를 리 없었다. '물건'이라고 여긴 것일까? 승진욕에 상황 판단이 흐려진 것일까? 권 부장에게 눈짓을 보냈다. 그러는 나를 보고 '여섯 시 내 고향' 노인이 다시 나섰다.

"요 메칠 전, 이장이 오늘 수집상 온다 허드만, 거그들이었나베."

일단, 비껴서는 것이었다. 수집상이 우리들만은 아닌 까닭에 '물건'에 대한 기대감과 흥정을 염두에 두어야 했다. 노인네들 역시 밀고 당기는 흥정의 법칙을 모를 리 없을 만큼 세상을 살아낸 분들이었다. 거리감의 유지가 필요하다는 걸 서로 알고 있었다. 딴은, '물건'은 애당초 없는 경우 또한 잦았다.

"지가 지금 온당리서 30마지기 남짓 짓고 있는디라…."

삽 잡고 괭이 쥐어 못이 박힌 손바닥을 굼슬겁게 보여줬다. 나이는 비록 어리나, 동류의 처지라는 걸 인식시켜야 했다. 씨앗 값은 사실 아무 것도 아니었다. 멸종 상태에 이른 씨앗을 채집하려면 훨씬 못난, 이를테면 흔해 빠진 씨앗이라 해도 귀히 여기는, 땅 파먹고 사는 농민임을 아울러 내보여야 했다.

대학 졸업과 동시에 복무했던 노동운동판에서 빠져나와 고향과 이곳 전라도에서 농민운동을 한 지 8년 째였다. 고향에서 3년 살다, 처가 쪽의 전라도 이곳으로 옮겨와 논농사, 밭농사에 매달려온 세월만큼 여기 말로 '겡이' 박힌 손바닥이랍시고 내보이는 건, 모잡이 앞에 두고 못줄 나무라는 꼴이었다. 칠팔월에 콩서리, 구시월에 감서리 내세우는 짝이었다. 그럼에도 젊은 사람이 농사를 짓고 있다고 하면, 그러는 젊은 축들을 공부하랬더니 개잡이를 배웠다며 나무라거나 깔보지 않는 게 또한 요즈음의 농촌 어르신들이었다. 귀농인들이 한둘씩 늘어나면서 농촌으로 오는 젊은이들을 자기네 마을로 데려가려는 마을 이장들이 이제는 적지 않았다. 특히 남도 쪽 여러 지자체에서는 귀농인들에게 여러 혜택을 주면서 유인하고 있었다. 이곳 지자체에서도 농업창업지원, 주택구입 및 수리비, 정착금, 교육비 지원 등 이러저러한 유인책을 쓰고 있었다.

소꿉놀이 장난감을 만지작거리는 듯한 도시것들 하는 짓을 애틋하게 여기면서도 마을 어르신들 또한 반기는 것이었다. 내 뱃속 자식들은 떠나보내면서 넘의 배 자식들은 어서 오라며 내줄 것 한량없이 내주는 노인네들 역시 애틋하기는 마찬가지였다.

"그라고봉게, 어디서 많이 본 듯 허네, 그랴."

김 노인이 아는 체를 했다.

"지도 보니께, 뵙던 얼굴 같구만요."

"'푸른농약사'제. 거그서 허는 디가?"

"저 저 작년에 콩 가져갔다가 이파리가 안 나서나…."

"글고 보니께, '푸른농약사'고만."

"여그서 사시는구만요?"

그때 그 일로 뵈었을 적에는 '한천냥반'으로 불렸던 기억이 얼핏

난 때문이었다.

"칫간허고 처가허고는 영판 멀어야헌다는 디, 처가가 이러코롬 엎어지면 코 닿는 디라서 잠시 들렀다네."

처가 쪽에 일이 있어 다니러 왔다는 것일테지만, 그 연세에 처가에서의 볼 일이라는 게 무슨 일일까? 하는, 일부러 처가를 찾아 터전을 옮긴 처지여서 동병상련 같은 내막의 궁금증이 농담처럼 솟았지만 내색하기에는 건방진 듯도 하여 머뭇거리는데, 김 노인이 덧붙였다.

"여그는 애시당초 글렀으니께 딴 곳 알아봐야 쓰겠네. 벌써, 여러 차례 자네 같언 사람들이 댕겨 갔다 허드네. 마을이 산 쪽으로 붙어 있다봉게, 머라도 있을깜시 들쑤시고 다녔던 갑데, 그랴. … 별종이라면 모르까?"

"별종이라뇨?"

권 부장이 내게 시선을 건네며 물었다.

"몰라서 묻는겨, 시방."

김 노인이 권 부장을 향해 버럭 화를 냈다. 나와 같이 다니는 자라면 의당 한 통속일 거라고 믿은 것일까? 혹은 권 부장이 어떤 회사에 소속되어 있는 자라는 걸 알아서 그러는 것일까? 김 노인의 어투가 꽤 각단졌다.

'푸른농약사'를 차린 둘째 해에 이를테면, '씨앗발아사건'으로 지역 농민들의 거센 반발을 산 적이 있었다. 초보 농약사로서 씨앗에 대해 잘 모르던 때에 발생한 사건이었다. 보급한 씨앗이 끝내 싹을 틔우지 않은 것이었다. 그 일로 해서 종자생산의 심각성을 깨닫게 되었다. 더불어 그 폐해가 어디에까지 이를 것인가를 가늠하면서 우수 토종씨앗의 보존, 개량, 보급에 심혈을 기울이고자 작정하게 된 계기가 되었었다. 물론, 나름으로는 깔끔하게 보상처리한다고 했지만, 아직도 '푸른농약사'에 대한 신뢰의 상실감이 남아 있는 모양이라 여겼다.

아무튼, 권 부장이 '별종'에 대해 모를 리 없었다. '물건'을 염두에 둔 대꾸일 리는 더욱 만무했다. 여러 번 훑고 지나갔다는 언급을 듣고 난 뒤임에도 그가 굳이 반문하고 나선 것에 대해 고개를 갸웃하고 있는 참에,

"거그 같은 사람들 허는 짓이 무슨 짓인 중 참말로 몰라서 묻냐고?"

김 노인이 다시 일갈해댔다.

권 부장과 내가 '별종'에 대해 모르지 않듯 '거그 같은 사람들 허는 짓이 무슨 짓인'가를 지적하는 바 역시 모를 리 없었다. 그러나 나와 권 부장과의 입장 차는 분명했다. 그는 다국적 기업의 자회사인 C 종묘사의 씨앗은행 중간 간부였다. 씨앗은행에 전시, 보관하고자 하는 의도로 우수종이건 비우수종이건 토종씨앗이면 모두를 채집하고 있다고 하지만, 어떤 씨앗들은 그 종묘사에서 '씨말리기Teminator Technology'라는, 생식능력을 스스로 제거해

버린 자손Self-Terminating Offspring 즉 자살씨앗Suicide Seed으로 둔갑하여 특허권을 취득한 채 농가에 재유통되고, 급기야 나중에는 그 씨앗을 농가에서 다시는 찾아볼 수 없게 된다는 점에서 매우 심각한 문제를 안고 있었다. 나는 지역에서 농약사를 운영하면서 우수 토종씨앗으로 농사짓고 우수 토종씨앗을 보존, 개량, 보급하려는 지역농민운동을 하고 있었다. 작년에는 외국계인 K 종묘사 계열의 농약사에서, 국내자본으로 시작하여 어렵게 뿌리를 내리고 있는 '농우바이오사' 계열의 농약사로 특약점을 옮기기도 하였다. 특히 최근에는 학교급식 납품업체에 친환경농산물을 알선, 제공하는 지역식량로컬 푸드운동에 깊이 관여하고 있었다. 덧붙여, 생·협에도 지역 농가에서 생산하는 유정란을 모아 납품 대행을 하는 등 생산자와 소비자를 연계하는 작업도 겸했다. 뿐 아니라 가공과 유통까지 확대하여 농가의 실질소득 보장을 이루려는 지역의 경제농업 활성화에도 소홀하지 않았다.

사실 그런 견지에서, 권 부장에 대해 줄곧 안타까운 마음을 지녀왔다. 젊은 날, 노동운동 판에서 함께 하며 다국적 기업의 기업윤리에 대해 치를 떨던 그와의 밤샘 토론을 도리질로 떨쳐낼 수 없었다. 그들이 한국 내 자본과 어떻게 결탁하여 노조를 탄압하고 있으며 국부 유출을 자행하고 있는가에 대해 너무도 잘 알고 있는 권 부장이었다. 그런 그가 다국적 기업의 자회사 중간 간부로 일하고 있는 것에 대해, 작금의 한국 사회 안에서 왈가왈부할 사안은 물론, 이미 아니었다.

하지만, '터미네이터 처리'한 씨앗과 그렇게 처리된 씨앗으로 인해 종다양성의 파괴가 초래하게 될 심각성에 대해 그와 토론하지 않으면 안 되었다. 덧붙여, 또 다른 다국적 기업의 한국 내 자회사인 S 종묘사가 보유하고 있는 유전자 조작 기술 즉, 특정회사 제품의 농약을 사용하지 않으면 결코 농작물의 씨앗이 발아되지 않도록 유전자 조작된 일명, '배반자Traitor Technology'라 이르는 종자의 파종과 모종으로 인해 파생되고 있는 환경문제 등을 그가 어떻게 인식하고 있는가, 확인하지 않을 수 없었다. 다종다양한 토종 씨앗을 통해 지역저항성과 역병력의 증대를 일궈내고 이를 통해서 지역의 기후와 풍토에 적정한 생산체제를 갖춰 곤궁기를 극복했고 민족의 먹을거리를 해소하며 형성되어 온 우리의 오랜 식탁문화가 현재 어떤 상황에 놓여 있는가를 두고 따지지 않을 수 없었다. 초국적 농식품복합체인 거대자본에 의해 우리의 식탁이 어떤 모습으로 종속되고 있으며 또한 그런 초국적 농식품복합체의 농식품에 맞춰 전래적인 식습관, 우리의 입맛이 어떻게 변화하기를 강요받고 있는가에 대해 피 터지는 논쟁하지 않을 수 없는 것이었다. 그런 다국적 기업에 복무하고 있는 자의 의중은 무엇인지에 대해 비록 언쟁에 그치고 말지라도 확인해야 했다.

이런저런 논쟁거리를 곧이 곧 꺼내 그에게 묻고자 하는 심중이 지난 몇 개월 여 동안 내처 일곤 하였다. 함에도, 어차피 권 부장의 현재 처지를 바꿔낼 수 있는 상황이 아니었다. 해서, 그가 이곳에서의 토종씨앗 채집 업무를 마치고 본사로 가게 되는 시점에 옹골차게 묻고 따지려는 내심을 나는 그 동안 도지고 있었다.

그러던 차였다. '씨앗발아사건' 때, 김 노인의 행색을 더듬어 본 바 농업문제의 심각성을 심도 있게 깨닫고 있으리라고는 여기지 않았다. 그래, 이야기가 어디로 흐를 것인가에 대해 지레 짐작하면서도, 나는 묘한 긴장감을 느꼈다.

"사다놓은 쇠갈비 놓고 동서끼리 다투기라도 혔남요? 어찌 그리 화를 내고 그러시는지, 도통, 모리겄는디요?"

권 부장이 마른안주를 더 꺼내놓으며, 김 노인이 처가에 다니러 왔다는 걸 빗대어 만만찮게 맞받았다. 오늘 따라 권 부장이 나를 따라나선 것 하며, 이처럼 각단지게 내뱉는 어투 또한 듣고 본 적이 없었다. 나는 퍽이나 의아해 하는 시선을 그에게 건넸다.

"말 잘 혔네, 자네. 나가 지금 소앙치 뒷다리 하나 놓고 글안해도 동서놈 허고 다투고 있는 판인디, 그걸 아는 것 봉게, 앉아서도 천 리를 보는 가 본디, 그럼, 어찌코롬 메지를 놔야 쓰것는 가도 빤 허것고만, 이. 어디, 자네 야그를 좀 들어봄세."

김 노인 또한 헛기침을 내뱉으며 맞장구를 치는 것이었다.

"칼날 흠은 고쳐도, 말 흠은 못 고치는 벱이라는 옛말도 있고 헌디. 이녁이 지금, 처가 동니에 와서 여그 동니 우세시킬라요, 험서, 그런 야그를 여서 쏟아낼 계제나 되는가를 우선에 살피고 야그를 혀도 허소, 이."

백발노인, 박 씨 어르신이 후다닥 나무라고 나섰다.

"말 많은 집 장 맛도 쓰다더니, 그러코롬 시시비비를 잘 가리는 동니서 어찌 한 동니 식구라고 감싸기만 허는 겨, 시방. 쬐깐허다고 허지만도 그 쬐깐헌 밭똥까리를 언지쩍부터 지서먹고 있는지는 나도 알고 남도 알고 하늘도 아는 일인디. 어쩌자고 동니 것이 우선 혀서 권리가 있다고 허느냐고, 글씨."

김 노인도 지지 않았다.

"말이사 바른 말이지. 이녁네 부락 가까이에 두락이 있다고 그러코롬 주장을 헌다치면, 돌아가신 거그 장인, 장모헌티 욕짓거리 허는 푁이여, 이 사람아."

"왜, 그 냥반들까장 끌어들여, 이 시점이서."

"이녁 장인냥반이 짠 헌 당신 큰 딸 데려간다고 얼매나 고마워 허면서 거그헌티 넘긴 땅뙈기가 얼매인지를 이 동니서 몰르는 사람 있으면 나와 보라고 혀 봐. 그러코롬 욕심을 내면 못 쓰는 벱여. 자네 동서가 늙막에 고향으로 내리와서 땅 파묵고 살겄다고 인자 돌라고 허고 있는디, 그간 지서묵고 있다고 권리를 내세우면 되것능가. 팔아묵으라 헌다치면 또 모리것지만 지가 짓것다고 허는디, 말여. 이녁 장모가 세상 뜸서 거그는 작은 딸 몫이다 허고 간 걸, 여그 게 사람덜이면 죄다 아는디, 아무리 십수 년을 지서먹고 있다손 치더라도 생전에 자네 장모가 큰 사우헌티 쓰던 맘을 쬐끔이라도 안다먼, 그리허먼 참말 못 쓰제."

박 노인의 말에 '낮빠대기' 노인도 '여섯 시 내 고향' 노인도 고개를 주억거렸다.

들은즉슨, 작은 동서는 본시 이 동네 사람으로, 한 동네에서 색시 얻고는 일찍이 고향을 떠 도시에서 살다 이제 내려올 태세인터, 처가에서 물려받은 얼마 안 되는 몇 두락이라도 찾아서 농사를 짓겠다는 것이겠고, 그 동안 동서의 땅으로 알면서도 그 땅뙈기를 지어먹고 있던 김 노인은 오랜 동안 짓고 있는 권리를 주장하면서 쉬이 내놓지 않을 요량을 하고 있는 참에, 이를 협의하러 혹은 앞뒤 분위기를 살피러, 처가쪽 피붙이라고는 아무도 없는 처가 동네에 온 것 같았다. 즈음에, 권 부장이 동서간의 불화를 빗대는 말로 이죽거리며 속내를 건들자, 처가 동네에 발걸음을 한 내막이 불쑥 튀어나온 모양이었다.

다른 동서는 보지 못했지만 어쨌거나, 동서지간의 송사였다. 귀질기게 당신 주장을 내세우는 김 노인을 앞에 두고 외지 사람인 권 부장과 내가, 더군다나 내막을 이제 막 들어 짐작하는 판세에 끼어드는 건, 새참도 없을 고추밭매기에 품앗이 나서는 모양새였다. 이쪽에서건 저쪽에서건 뺨맞기 딱인 시빗거리였다.

나는 서둘러 노인네들의 빈잔에 맥주를 따랐다.

"그새, 파삭 식어부렀나베. 거품이 더 나는 걸 봉게로."

'여섯 시 내 고향' 노인이 아이스박스를 힐끗 건네 본 뒤, 잔을 털어 넣었다. 아이스박스 속에 두어 병이 남아 있었다. 나는 서둘러 꺼내놓았다.

"안주인이 이쁘먼 처갓집 호박꽃도 곱다던디, 글 안허먼, 이런 야그는 이 동니서 본전 찾기도 어렵디 어려운 야그 것고마는, 이러코롬 꺼내놓고 그라시는 거시기를 봉게, 안댁께서 가인佳人이 신갑네요, 그랴."

권 부장이 또 다시 느글느글하게 맞받는 것이었다. 나는 흠칫 놀랬다. 권 부장을 건네 보았다. 나의 시선에 아랑곳 하지 않고, 권 부장이 술잔을 비웠다.

"들었습서도 그런 승헌 소리를 허고 자빠졌네, 그랴."

김 노인이 종주먹을 휘둘렀다.

'짠 헌 당신 큰 딸'이라는 박 노인의 표현은 몸체 어디 한 곳이 어긋나 있거나 고림보 같은 처지라는 걸 짐작하게 했다. 권 부장 또한 그걸 모를 리 없었다. 이렇듯 이죽거리며 진중하지 않은 언행을 보인 적이 없는 그였다. 그를 슬며시 건네 보았다. 흐트러져 있는 모습이 아니었다.

아무래도 더 이상 자리를 꿰차고 앉아 있어선 아니 될 성 싶었다. 나는 아이스박스를 챙겨 둘러매고는 서둘러 자리를 박차고 일어섰다. 굼뜬 채 자리보전 하고 있는 권 부장을 일으켜 세웠다.

"저런, 저런, 어른 없는 디서 자란 것 같으니라고. …어여, 일나게나."

박 노인 또한 권 부장에게 삿대질을 해댔다. 박 노인이 건네는 심한 말에도 대꾸 없이 권 부장 역시 순순히 일어났다. 인사도 건네는 둥 마는 둥 자리를 떴다.

"영락없는 잡놈이세."

김 노인의 호통을 한 쪽 귀로 흘린 채 차에 올랐다.

지체하지 않고 차를 돌렸다. 권 부장은 차에 오르자마자 의자를 젖히고는 깊숙이 몸을 눕혔다. 내가 이 마을에 되돌아들기 전 그랬듯이, 눈꺼풀을 내리닫고는 미동도 하지 않았다.

마을 초입, 입석 부근에 다시 차를 세웠다.

"그냥 가자."

그가 눈을 감은 채 툭 내뱉었다. 나는 차를 몰았다. 눅눅해진 상태로 채집하겠다며 다른 마을을 돌긴 틀렸다 싶어, 곧장 읍내로 향했다.

"자요?"

읍내 가까이 이르러, 신호대기 하면서 그를 건네 보았다.

"…"

그는 고르게 숨을 쉬고 있었다.

앞서 벌어진 이야기판이 의도하지 않은 어거지 판으로 흐른 게 필시 아니라는 생각을 나는 떨쳐버릴 수 없었다. 권 부장이 다분히 그처럼 이끈 것 같았다. 이 작자에게 이상 기후가 들이친 것일까? 하는 의문이 퍼뜩 일었다.

"인면수심人面獸心이데, 증말."

"…."

"선배, 이참에 본사로 가요?"

말길을 돌렸다. 그의 거취와 연관되어 있어 그러려니 싶어서였다. 오늘 따라 채집하러 가는 내게 연락해 같이 가자고 나선 것도 그런 생각을 떠올리도록 하였다.

"…."

너도 천리안이냐? 하는 투로 나를 힐끗 쳐다보고는 그가 다시 눈을 감았다.

"사무실에 내려주까?"

곧장 사무실로 향할 것 같진 않았다. 채집이 끝나고 나면 으레, 그를 불러내 한 잔 하는 게 순서였다. 하지만, 나는 오늘 그럴 마음이 일지 않았다.

"우리 집에 안 갈래?"

눈을 뜨고 의자를 제자리로 끌어당기며 정면을 응시한 채 그가 내게 권했다. 그가 자기 집에 가자고 하는 건 5개월여 만에 처음이었다. 거나히 술잔 나눈 뒤에도 바래다주겠다는 나를 뿌리치고 읍내 외곽, 북산 끝자락에 있는 그의 고가古家로 홀연히 내닫곤 하였다. 그는 처자妻子를 서울에 두고 혼자 내려와 살고 있었다.

그의 신상에 무슨 일이 있긴 있는 모양이라, 나는 되짚었다.

"무신 일이랴?"

아직 해거름에 이르기엔 이른 시각이었다. 농약사에 들러야 했다. 몇 가지 일을 마무리한 뒤에 가더라도 가야 했다. 하지만, 그의 속내로 보아 그렇게 하기가 여의치 않은 듯 느껴져 그의 집으로 곧장 향했다. 그에 대한 애증이었다.

그의 집은 네 칸짜리 한옥이었다. 부모 여의고 누이들마저 제각각 살림을 내서 떠난 뒤, 그 동안 비워놓아 둔 터라 한 쪽으로 잦바듬하던 걸, 권 부장이 내려오면서 여기저기 손 보고 든 집이었다. 5녀 1남의 아들 귀한 집 종손이라 했다.

"'종자에서 식탁까지'. 이게 C 종묘사의 사훈社訓이다."

술상을 놓고 잔을 돌리자마자, 그가 뜬금없이 꺼낸 첫 마디였다. 그리고는 컴퓨터를 켜고, 자신의 블로그를 보여주는 것이었다. '종자에서 식탁까지'는 또한 그의 블로그 명이었다. 최근에 올린 글을 그가 가리켰다.

테크놀로지Technology로써의 자살씨앗Suicide Seed 문제에 관해서

권 처사 | 조회 109 | 10.06.04 23:19

'자살씨앗' 문제는 현재 벌어지고 있는 전 지구적 식량위기와 직접적 연관이 있습니다만, 오늘은 다른 견지에서 함유하고 있는 심각성을 조명해보고자 합니다. 현재의 인류는 오대양 육대륙에 걸쳐 다양하게 분포되

어 있습니다. 그리고 각 종족마다 생존해 온 지형과 생산물의 특장에 따른 생래적인 면모를 지니고 있습니다. 각 종족은 본래적으로 가지고 있는 삶의 유형과 형질을 좇아 먹을거리(식량) 또한 종족의 특성에 따라 생산, 섭취하고 있습니다. 그런데, 자살씨앗은 지금까지 지탱해 온 종족의 유장하고도 독특한 역사와 문화성을 종국에는 용납하지 않게 된다는 점입니다.

흔히, 식문화라고 하는 특정 종족의 문화양식은 음식에 한정해 있는 양태만을 표출하지 않습니다. 먹을거리는 곧 '언어'와 '사유'의 근간입니다. 부드러움과 거침, 경직성과 유연성을 결정하는 중요한 질료 가운데 하나라고 보는 견해가 통용되고 있습니다. 언어와 사유의 문제는 곧이곧, 특정 종족의 특정함을 드러내는 표증이며 해당 종족이 결코 소멸시켜서는 아니 되는 유일무이한 인류의 문화유산이지요.

그러한 문화유산이 오늘날, 초국적 농식품복합체에 의해 생산, 가공된 농식품에 따라 식생활의 일률화와 문명의 균등성에 편입되길 강요받고 있는 것이지요. 신자유주의체제는 경제의 세계화체제지만 그와 동시에 먹을거리의 세계화를 촉진하게 되었습니다. 시내 곳곳에 들어서 있는 유통체인점에서 구입하게 되는 다양한 상품의 농식품들로 해서 선택의 폭이 그만큼 넓어진 것처럼 보이나, 이는 실로 농업의 다양성 때문이 아니라 초국적 농식품복합체에서 생산, 가공하는 브랜드에 불과할 뿐입니다. 우리나라에서 생산되는 치즈 하나만 놓고도 대표적인 브랜드가 몇 개나 되는지 찾아보기 바랍니다. 기절초풍하게 됩니다.

문제는 바로 이런 초국적 농식품복합체가 모두 서구의 초국적 거대자본이라고 하는 점입니다. 이들 초국적 기업 역시 서구문명에 바탕한 농식품의 가공, 생산을 통해 전 지구의 먹을거리를 서구적 먹을거리로 단세포화 하고 있습니다. 서구문명으로 대표되는 극히 한정된 양태로 문명화 되어 가는 것입니다. 문화의 유색성을 허용하지 않으며 인류문화의 다양성을 끝내 허물어뜨리고 말겠다는 저들의 진의를 우리는 파악할 줄 알아야 합니다. 이는, 후기자본주의가 인류에게 가하는 가장 폭력적인 문명의 학살 행위라고 보지 않을 수 없습니다.

자살씨앗 문제는 바로 이 지점에 있습니다. 다종다양한 생물 분포는 어느 지역의 기후와 풍토, 땅의 질과 밀접하게 연관되어 있는데, 씨앗 중에는 기후에 맞는 것도 있고 땅의 질에 맞는 것도 있으며 입맛에 맞는 품종이라면 지역저항성을 지니도록 개량해서 파종하고 거둬들이는 경우가 허다합니다. 자살씨앗은 대개의 경우 그 지역에서 우수종에 속하는 씨앗을 유전자조작 처리를 해서 원래의 씨앗(F1)을 한해살이 씨앗으로 만드는 것이지요. 원종으로 심은 뒤 채종한 씨앗(F2)로는 다시 생산할 수 없게 됩니다. 생물의 종다양성이 사라지게 되고 초국적 농식품복합체가 간단한 화학적 처리(Teminator Technolog)를 통해 만든 하나의 씨앗, 유일의 품종으로만 곡물과 채소를 생산하게 됩니다. 만약, 그러한 씨앗이 급격하고도 갑작스러운 기후변화 즉, 절대적 가뭄이나 집중호우에 적응하지 못하는 상황이 발생하게 되면 씨앗이 사라진 뒤, 인류의 먹을거리 문제는 상상하기조차 어려운 처지에 직면하게 됩니다. …(생략)

도시농부 : 인류의 식량위기를 앞당기고자 하는 기업이, 어떤 회사들입니까?10.06.05 06:32

김 서방 - 대표적인 회사가 몬센토입니다. 10.06.05 06:53

범바위마을 - 인류의 식량문제를 다룬 다큐 《식량의 미래》(미국의 다큐멘터리 영화감독 데보라 쿤스 가르시아의 2004년 작)의 감상을 권장합니다. 10.06.05 07:11

나무그늘 - 한국의 대형 종묘사가 IMF를 겪으며 다국적 기업으로 대부분 넘어 갔지요. 다국적 기업의 한국 내 자회사들인 신젠터코리아와 세미니스코리아가 종자의 50% 이상을 보급하고 있는데, 이들 회사 또한 베트남의 밀림에 뿌린 고엽제를 생산한, 세계적인 유전자조작(GMO) 종자 생산업체인 몬센토의 자회사로 알고 있습다10.06.05 07:57

청포도송이 - 신젠터코리아도 몬센토 자회사인가요?10.06.05 10:01

작은 도토리 - 경북 성주서 참외씨앗 문제로 데모하고 그랬던 종자회사지요. 세계 3대 종자회사 몬산토, 듀퐁, 신젠터 중 신젠터의 자회사입니다. 10.06.05.11:07

청포도송이 - 아하!10.06.05.11:09

전라도 사람 : 씨앗문제를 다룬 소설을 읽은 적 있습다. 〈「푸른농약사'는 푸르다 - 씨앗이야기 1」 : 『문학들』 2007년 봄호〉와 〈「석포리 서촌마을-씨앗이야기 2」 : 『시에』 2008년 봄호〉인뎁쇼, 읽어 보시길(누가 찾아서 읽겠남) ㅎㅎㅎ10.06.05 17:10

도시농부 - 찾아서 읽기 어려우니, 여기에 댁께서 작품들 '펌' 해보

삼!10.06.05.17:18

　김제평야 - 토종씨앗 지켜내려는 움직임 역시 일고 있어요. 흙을 살리자는 농민운동체 '흙살림'과 토종 종묘사 '농우 바이오'사가 합작하여, 우수종이건 비우수종이건 보존, 보급하고 있습니다. 비우수종은 생물 다양성을 위해, 우수종은 품종 개량을 통해 상품성까지 높여 농가에 보급하고 있습니다. 그 외에도 Daum 까페에서 '씨드림'이나 '한국종자나눔회' 등을 치면 주고받을 수 있습니다. 아무튼, GMO 종자로 생산한 농산물(LMO)가 임계점을 넘어 식탁을 위협하는 현실이 마침내 도래했습니다. 10.06.05 18:59

　햇빛농장 : '농우 바이오'에 대한 오해-'한국판 몬센토'라 보는 게 타당하다고 봅니다!!! 생식능력을 스스로 제거한 자손self-terminating offspring, 자살 씨앗(suicide seed)을 만들어 낸 터미네이터 기술...작물을 이용한 '생물학적 무기'...정말, 정말 끔찍합니다.10.06.05 20:28

　도시농부 : 댓글에 달린 '터미네이터 기술'이 무엇인지 검색해보았습니다...농부들은 막대한 수확량 때문에 수지가 맞는 거대기업의 종자를 선택하게 되지만 생물학적 "특허"가 식물 내부에 설치되어 조작된 유전자에 의해 강제되므로 결국 농민들은 수확한 씨앗을 다시 심을 수 없게 되는군요... 식량작물을 대상으로 생명을 통제하고 소유하려는 거대기업의 음모가 무섭습니다. 10.06.05 21:35

　야생화사랑 : 21세기 문명과 함께 폭발하는 인간의 욕망은 가위 사디스트적입니다. 적어도 나와 가족을 지키고 싶어 하는 사소한 인간의 바

람마저 가까운 후세에 고통스럽게 무너지게 하는 악몽을 꾸게 합니다. '죽임'은 이제 모든 '생명'의 비선택적 화두가 되었습니다. 잘 생긴 '우리 씨앗' ... 과연...! 안 보이는 데서 조용히 싹틔우는 것이 씨앗 아니예요? ... 흐뭇, 흐뭇^^10.06.05 21:55

공양보살 : 남편이랑 어린 시절 얘기하다보면 "우리는 마루타였어" 라는 얘기가 나옵니다. 마가린에 밥 비벼먹고 콜라 사이다 너무 좋아하고... 그런데 우리 아이들 식탁도 위협받으니 역시나 마루타의 길을 가게 하는 것 같아 씁쓸하지요.10.06.06 13:53

더덕향기 : 이런 얘기를 해도 주위에서 아무 반응 없이 시큰둥해서 미칠 뻔 했는데 사람들 인식이 조금이나마 나아졌으면 좋겠습니다.10.06.06 20:28

배반자Traitor Technology : 카길, 콘아그라, ADM, 몬센토 등의 초국적 농식품복합체에 의해 생산되는 유전자종자(GMO)와 그 종자로 생산된 농산물(LMO)에 의한 식탁의 전 지구적 폐해는 오늘날 피부 색깔과 언어를 초월해 식탁의 균일화로 귀결되고 있는 상황… 그와 같은 '생물학적 무기'가 인류에게 어떤 끔찍한 결과를 초래하게 될 지에 대해 누구보다 잘 알고 있을 당신 아닙니까? 거기서 복무하는 당신은 누구입니까? '종자에서 식탁까지'는 초국적 농산품복합체인 C사의 구호(라 해야 맞나, 사훈이 맞나 모르겠으나) 아닌가요? ..이런 글을 쓰면서 초국적 기업에 근무하는 당신은 한국사람 맞습니까? 배반자적이군요. ㅋ ㅋ ㅋ10.06.06 22:18

한상준소설집 **푸른농약사는 푸르다**

나는 그가 최근에 써놓은 글과 댓글을 읽고 멍해지는 기분을 느꼈다. 그의 글 말미에 이렇게 씌어 있었다.

'…노인들의 사라짐…농촌의 사라짐…씨앗의 사라짐이 동질의 문제다.'

컴퓨터에서 눈을 떼고 내가 그를 쳐다보자, 그가 목을 쓰윽 자르는 시늉을 했다. 그리고는, 엄지손가락을 쥐어 아래로 여러 차례 내리꽂았다. 짤렸거나, 승진을 포기했다는 의미였다. 여기서 살겠다는 내심을 드러내는 것 같기도 했다.

"고향에 내리와 사는 동안 내 땅, 내 산천山川 같은 노인네들 보믄서 얼매나 아프던지… 안 올라가기로 혔다. 흠흠."

그가 일그러진 웃음을 깨물며 잔을 들었다. 잔을 부딪쳤다. 잔을 털어 넣고 우리 둘은 한 동안 천장만 쳐다보았다. 한참 뒤, 우리는 씁쓸하지 않은 웃음을 흘렸다.

"형의 귀농, 바라던 반데, 어찌, 좀 이상타?"

"와 바라, 이."

그가 나를 끌고 광으로 갔다.

거기에는 그가 모아놓은 씨앗그릇으로 가득 채워져 있었다. 다시금 뿐이 아니었다. 흰메수수, 늦들깨, 검은흐린조, 토종완두, 선비잡이밤콩, 홀애비밤콩, 어금니콩, 개파리콩, 연녹이팥, 굼벵이동부, 산도찰벼 종류, 토종고추 종류인 수비초와 칠성초붕어초, 상리단호박, 자지감자, 보지감자, 오누이강냉이….

'종자에서 식탁까지' 책임지겠다는 듯 그가 히죽 웃었다. 읊조리느라 숨이 찼다, <u>흐흐흐</u>.

응엔 티 투이

며칠째 계속되던 장맛비가 그쳤다. 남편은 시작하는 장맛비 치곤 길고 굵다, 했다. 유월 중순, 고국은 벌써 우기에 접어들었겠다. 40℃를 넘나드는 끈적끈적한 고국, 베트남 중부 호아빈과 이곳의 날씨가 사뭇 달랐다. 비온 뒤끝, 고요하고 선선했다. 묵은김치 송송 썰어 쌀국수를 말아먹은 점심으로 입안이 얼얼했다.

"머(뭐) 해요?"

설거지 마치고 안방에 들었다. 남편이 옷장을 열고 옷가지를 끄집어내고 있었다. 뜨악해져 눈을 크게 치켜뜨고 남편의 손놀림을 훑어보았다.

"다녀올 데가 있어서."

"어디 가는데?"

"씨드림."

남편이 가입하여 드나들곤 하는 인터넷 까페 이름이었다. 토종씨앗을 서로 나눠 갖고 전통방식의 농사법을 공유하는 모임이다. 고국에서도 전통방식의 농사에 고래의 씨앗을 사용하곤 하여서 그나마 고개를 끄떡이며 함께 들여다보곤 했다.

"거기(거기서) 머 하는데?"

응엔 티 투이의 속내가 편치 않다. 고개를 남편 쪽으로 휘익 치켜세웠다.

"오프라인 행사."

남편 역시 투이의 짜증 묻은 속내를 읽었을 테지만 심드렁하게 대꾸했다.

"1월에 해, 했는데, 또?"

"이번에는 가을걷이 씨앗이지."

"어제(언제) 오는데?"

남편이 배낭에 옷가지를 이것저것 챙겨 주섬주섬 쑤셔 넣는 게 투이 눈에 밟혔다. ~요. 하지 않고 ~데? 로 묻는 말투에는 신경질이 더더기 붙어 있다.

"···."

남편은 팬티와 런닝을 여러 벌 챙겨 넣었다.

"며치(칠), 이, 있으려고 그게(그렇게) 채(챙)기나?"

"카페지기네 황토집 짓는 일도 거들어야 한다, 해서."

남편 역시 쌀국수를 묵은김치에 말아먹은 게 뭔가 개운하지 않은 어감이 묻어 있다. 남편은 잔치국수를 더 좋아한다. 재료가 부족해 말아주지 못했다.

"화(황)토, 지(집) 지, 짓는데, 거드(든)다고?"

남편이 집을 비운 건 결혼 5년 동안 토종씨앗 나눔 모임에 1 박 2일 다녀온 것이 유일했다. 추위가 기승을 부리던 1월이었 다. 까페 가입 후 처음이어선지 남편은 설렜다. 투이 또한 함께 가지 않았으나 들떴었다. 혼자 있게 된다는 묘한 해방감이 스며 든 탓이었다.

"투이도 가(갈)래. 투이도 배우(울)래."

곧장 따라나설 태세를 하자 남편이 물끄러미 쳐다봤다.

"어딘데 나서겠다는 거야."

"투이 호(혼)자 두는 거, 괜차(찮)나?"

그동안 투이 혼자 나서는 원거리 출입을 남편은 적극 통제했다. 가까운 소도시에 고국의 동갑내기 친구가 살고 있었다. 한국에 와 서 알게 되었지만 고향 또한 투이가 살았던 호아빈 인근이었다. 가끔 아니 자주 외롭다, 호소하는 친구에게 쉬이 갈 수 없었다. 남 편과 함께 장보러 시내에 갈 때 말고는 자주 만나지 못했다. 여권 과 외국인등록증도 남편 수중에 있다. 5년의 세월이 흐른 지금도 그랬다. 하지만, 이런 부분 외엔 남편은 투이에게 잘했다.

"투이 호자 두는 거 위, 위험하지 아(않)냐고?"

외롭다, 고 전화도 문자도 곧잘 하는 그 친구는 투이처럼 농촌 남과 결혼한 지 1년 만에 도망쳐왔다. 인근 소도시에서 식당일하며 숨어 살고 있다. 그 친구와 통화하고 난 후면 '나도 이대로 살아야 하는가?'하는 반문을 갖기도 했다. 그녀가 가르쳐준 베트남어 채팅 방에 남편 몰래 들어가 보기도 하였다. 베트남에서 온 산업연수생 남자들이 신랑을 바꾸라는 의미인 '심장 바꿔'라며 홀리는 글귀가 난무했다. 남편 몰래 베트남어 채팅방에 지금도 드나든다. 하지만 그런 글귀는 외면했다. 현재보다 불투명하게 나락하는 앞날이 두려웠고 싫었다. 투이 자신을 위해서든, 고국의 부모님과 가족을 생각해서든 이보다 더한 불안한 미래를 엮어내고 싶지 않았다.

그러던 차, 최근 시아버지한테서 들은 말로 해서 남편과 다투게 되었다. 시아버지가 마을 우산각에서 마을 어르신과 다퉜다는 뒤끝에 투이에게 묻던 말이 떠올랐다.

'니는 베트남이서 온 KS표제. 그러제, 이?'

최근 들어 2세를 갖자는 투이의 의사를 남편이 묵묵부답으로 외면하는 것과 시아버지의 물음은 다른 표기, 같은 뜻으로 와 닿았다. 한국에 온 첫해부터 아이를 가지려 했고 남편도 그러했다. 쉽지 않았다. 남편에게 이상이 있는지 묻진 않았으나 문제는 없는 듯했다. 투이에게도 신체적 결함은 없었다. 정서적 불안 상태가 지속되는 탓이라 여겼다. 전망하기 어려운 결합이 그토록 만들었다고 생각했다. 어쨌거나, 나이 차가 많은 남편은 안정감 있게 대해줬다. 투이 또한 정착하려는 마음을 애써 키워왔다.

"고추밭에 나갈 일 말고는 좀 뜸하니까 황토집 짓는 거, 배울까 하기도 하고."

"투이도 하게(함께) 배(우겠)다고. 그, 그런 집 지어 사(살)자고. 그고(그리고), 어제 이야기 해(했)어야지. 이게(이렇게) 그, 급하게 간다고 하면 투이는 어쩌라고. 어제 고, 고추바(밭), 오가벼(갈병) 드(들)어서 뽀(뽑아)줘야 할 거 마은(많은) 거 봐자아(봤잖아)."

"못 뽑아서 그래?"

"호자서는 모(못)해요."

남편은 잔등 너머 고추밭 위 소나무 숲 언저리에 있는 누군가의 묘소 잔디밭에 투이를 눕히기도 하였다. 처음엔 화들짝 놀랐으나 주위는 적요했고 하늘은 높았으며 바람은 낯을 간질였다. 묘하게 고조되는 성합의 감흥을 느꼈다. 낮거리라 하였다. 남편의 손길은 거칠었으나 달콤했다. 그 처음도 땡볕 좋은 유월이었다. 그렇듯 몸을 섞는 건 부부 사이를 더 싱싱하고 생기가 돌게 했다.

언뜻, 멀티탭에 꽂힌 전자모기향 상표를 보자 시아버지 물음이 동시에 떠올랐다. LG상표였다.

"KS표,으, 의미 알아요. 그(런)데, 베트남과 여과(연관이) 머죠?"

"믿는다, 아니겠어?"

남편이 투이를 째려봤다.

"해(행)실이 KS다? 베트남을 나주(낮추)는 말로 드려(들렸)다고."

"욱생각 갖지 말어."

"무슨 뜨, 뜻인데?"

"허물없이 지내는 마을 어르신들끼리 우산각에서 나눈 말이라잖아."

"그(근)데 왜 다투(다퉜)데?"

"동식이 안사람이 서울내기잖아. '거그서 먼 짓을 혔는가, 어치케 알어?' 했대, 아버지가."

"미경 씨가 서우(울)서 머 해, 했기에?"

"서울처녀가 시골로 시집왔다, 이거지, 뭐."

"그게 왜?"

"알았어. 그만해."

남편이 손을 저으며 막 문지방을 나서려 했다. 투이가 앞을 막고서 정면으로 남편을 응시했다.

"고금(고급) 지조(직종) 처한(천한) 지조(직종), 머, 그런 거(건)가?"

"서울이라는 곳이 하도 다양한 직업을 갖도록 하는 곳이니까."

"미경 씨가 서우에서 머 하다가 시고(골)로 와(왔)데?"

"투이, 그만하자."

"서우처녀가 시고로 시집오는 게 한구(국)에선 우, 웃음거, 린가?"

"베트남은 어떤데?"

남편이 피식 웃음기를 흘리며 농담처럼 물었다.

"베트남 여서(성)이 한구 노촌(농촌)남에게 오는 거도 그게 보는 거야?"

투이의 얼굴이 확 달아올랐다.

"…."

남편이 심중을 들킨 듯 말문을 닫았다. 남편은 대수롭지 않게 물었지만 투이는 남편의 속내를 알 수 있었다. 한국 여성과 결혼하지 못한 처지를 남편은 비관하는 터였다. 동식이 삼촌은 결혼하기 위해 도시 노동자로 농촌을 잠시 떠났다가 결혼한 뒤 다시 시골로 왔다고 했다. 남편도 결혼하기 위해 도시로 이주할 생각을 했더라면 한국 처녀와 결혼했을 것이라는 아쉬움을 못내 피력한 적이 있었다. 결국 남편은 혼기를 놓쳤고 국제결혼을 하게 되었다고 했다.

울음이 복받쳤다. 그러나, 남편 앞에서 울지 않았다. 그건 베트남에서 이곳에 온 서러움 이상의 치욕인 까닭이었다. 베트남에서의 궁핍한 삶이 아니었던들 이곳에 왔겠는가? 다섯 동생들 앞에 두고 입 하나라도 줄여야 했다는 게 한국행 이주여성이 된 주된 이유였다. 한국 남성이 친정에 건네는 지참금 조의 액수가 적지 않아 친정 살림에 안정을 주었다. 드물긴 했지만 한국으로 결혼해 간 동포 여성들이 부치는 생활비 조의 송금은 고국의 가족에게 보탬이 참 넓었다. 코리안 드림의 환상 역시 유인의 한 동력이었다. 남편과는 16살이나 차이가 났다. 그럼에도, 듬직해 보여 호감마 저 없지 않았다. 한류 역시 한몫을 했다.

미경 씨가 서울에서 무엇인가를 하다 시골로 시집와 'KS표' 언 쟁을 일으켰듯 베트남 역시 도시에서 농촌으로 낙향하려는 사례 는 드물었다. 베트남에서도 농촌에서 도시로 이주하려는 기류는 '도이머이Doi Moi'라는 개혁·개방 정책이 도입된 이후 더욱 뚜렷 했다. 투이가 태어날 무렵부터 시작했다는 '도이머이'가 사실은 투 이네 가족으로서는 입에 풀칠하기에 더욱 어려운 형편으로 몰아 갔다고 어머니는 때때로 불만을 토로하곤 하였다. 정작 상급학교 진학마저 그만두어야 할 형편으로까지 내몰리는 상황에서 어머니 의 지적처럼 토대가 약한 약자에겐 그다지 배려하지 않는 정책으 로 받아들여져 야속하게 여기며 떠나온 고국이었다. 한국에 와서 농민운동 하는 남편에게서 세계의 이모저모 흐름에 대해 이런저 런 이야기를 듣고서야 고개를 끄덕였다. 고국의 '도이머이'정책에 대해서도 좀 더 깊게 해득할 수 있었다.

남편이 해준 말 가운데 여태껏 가슴 깊이 새겨둔 말이 있다. '투 이는 자신의 조국으로부터 유배당한 디아스포라, 이산이야'라는 말이었다. 디아스포라, 디아스포라, 이산離散, 이산… 오랜 동안 뇌리에서 떠나지 않고 머무르며 감정선을 자극하는 단어였다. 결 혼하고 5년을 살면서 다툼이라곤 거의 없었다. 투이는 현실을 수

궁했고 남편은 배려가 있는 농민운동가였다. 그럼에도, 시아버지의 짜증나는 표현을 듣게 된 최근에 남편과 다퉜다. 덧붙여, 남편이 씨드림의 씨앗 나눔 행사인 1월 모임에 다녀온 이후부터 남편에게서 투이는 은연중 잠자리에서의 관계 기피 현상을 느꼈고 그로인해 심기가 뒤틀렸다. 요즘은 등마저 돌리고 잤다.

남편이 올 1월 씨드림 오프라인 행사에서 가져온 토종씨앗으로 모종을 내고 밭에 옮긴 종류가 다양했다. 토종고추는 안질뱅이초였다. 거기에 오갈병이 든 것이었다. 쥐이빨옥수수와 주먹찰옥수수는 쑥쑥 컸다. 수확도 좋을 듯했다. 호박참외는 신통치 않은데 노지여서 그럴까, 하고 남편은 읊조렸다. 담배상추는 시장에서도 인기 좋은 품종이라고 하였다. 괴산 적상추 역시 상품성이 좋았다. 거기에 이름을 듣고도 기억해내지 못 하는 서너 가지 토종씨앗을 파종했다. 토종씨앗이 밭에서 튼실하게 잘 자라고 있는데 남편과의 잠자리 관계는 혹은 잔등 너머 고추밭 위 소나무 숲 언저리에 있는 묘소에서 등골 휘어질 듯 투이를 끌어안았던 남편의 손길, 숨길은 뜸했다. 근래에는 아주 거둬졌다.

"당신도 미경 씨가 KS표 아니(라고) 미(믿)는구나?"

남편이 대꾸도 없이 배낭을 메고 집을 나섰다.

"투이가 베트남 KS표 아니, 어, 었으면 어쩌(려)고 해, 했는데?"

남편을 향해 고함쳤다.

여름 해가 어떻게 함지로 자빠졌는지 모르게 밤이 왔다. 꼬박

밤을 샜다. 분이 풀리지는 않았지만 삭여지긴 했다. 지금 이 순간, 어떻게 해 볼 도리가 없었다. 하지만, 다시 되돌릴 수 없는 상황이다. 여기까지 오는 동안 스스로 다짐한 게 있었다. 한국 남편과 잘 살겠노라고. 투이는 여전히 흔들리지 않고 각단지게 그 맹서를 지켜내고 있었다.

같은 군 지역 인근에 살고 있는 동포 여성들에게서는 여전히 고국 냄새가 진하게 배어 있었다. 한국에서 산 기간과 무관해 보였다. 그네들은 고국에서의 지난한 삶을 다시 쫓고 싶은 심중인 듯했다. 그건 아니라고 투이는 생각했다. 고국을 버릴 수는 없었다. 더욱이나 고국의 부모님과 가족은 늘 그리웠다. 그렇다고 여기서의 삶을 내려놓고 고국으로 돌아가고 싶지는 않았다. 이곳에서 기어이 붙박고 살려는 마음을 도져야 했다. 혹 동포 여성을 만날 때도 투이는 되도록 한국말을 썼다. 그네들의 의아한 눈총을 받으면서도 고집했다. 면민의 날 행사 때 태생국가 음식 소개 부스를 운영한다고 참여하라 했을 때도 투이는 나가지 않았다. 남편이 나가도 좋다고 했지만 투이는 거절했다. 마찬가지로 다문화가정의 이주여성을 위한 한글교육에도 투이는 참가하지 않았다. 남편이 가르쳐주었다. 투이는 어렵지 않게 한글을 깨칠 수 있었다. 발음은 여전히 서툴렀다. 읽기와 쓰기는 정확했다. 남편은 투이가 참 영리하다고 칭찬해줬다. 하나 가르치면 둘 아니라 셋과 넷을 깨닫는다고 추켜세웠다.

밤을 새는 동안에도 남편에게서는 문자 한 구절 없다. 지난 1월 씨드림 첫 번째 행사에 갔을 땐 뻔질나게 문자를 날렸었다. 투이는 핸드폰을 봤다. 새벽 네 시 무렵이었다. 외롭다, 고 문자 날리곤 하는 친구 생각이 났다. 그 친구는 이 시각에도 식당에서 일 하고 있을지 몰랐다. 콩나물국밥을 내놓는 식당은 밤샘 영업을 하였다. 밤새 술을 마신 젊은 사람들이 주된 손님이라 했다. 새벽녘에 콩나물국밥집을 찾는 한국의 젊은이들은 대부분 술꾼이며 너무 자주 보는 얼굴들이라고도 했었다. 문자를 나눈 지도 꽤 되었고 한 동안 만나지도 못했다. 문자를 넣었다.

─투이는 지금 외롭다, 너처럼. 남편이 외박 모임에 갔다. 남편에게선 문자도 없다.

곧장 답을 주던 친구에게서 한참 지나 답신이 왔다.

─여기, 지금 안산이다! 이곳에 온 지 일주일 됐다. 전에 말 했던 베트남 남친과 함께 있다. 동질감 느껴!!! 이곳에 베트남 젊은 남 많다. 다들 열심히 산다. 투이도 왔으면 좋겠다.

투이도 아는 베트남 남자였다. 친구가 보낸 사진에서 봤다. 호쾌하게 생긴 남자였다.

─이틀 동안 이곳 쌈채소 하우스에서 일했다. 지금은 남친 다니는 공장으로 옮겼다. 월급 괜찮고 사장, 좋은 사람이라고 해, 남친과 함께 일한다. 와라. 이곳에 자리 있다. 고향 가까이 있다는, … 뭐랄까, 그런 기분!

친구에게서 다시 온 문자를 보고 투이가 짤막하게 문자를 날렸다.

−흔들지마. 아직, 난….

친구가 곧 바로 답신을 보냈다.

−ㅋㅋ. …투이는 여리다. 기다릴게! 투이에게 호감 간다는 남자 있다!

투이는 흔들리지 않았다.

그러나, 흔들리지 않으려 했다. 남편에게선 여전히 문자가 없다.

동이 트러 했다. 들일은 나가야 했다. 입안이 컬컬했다. 물에 밥 한 숟갈 말아 겨우 한 입 떴다. 동녘이 부옇다. 딴은, 이 시기에 고추 따고 오갈병 든 고춧대 뽑는 일 말고 마땅히 할 일이 없었지만 서둘러 채비했다. 여기나 고국이나 농업일꾼들이라는 게 해뜨기 전 밭일, 논일에 진력이 나 있는 사람들이다. 유월 햇볕이 동천에 오르기 전 하루의 반나절 일을 한다고 하는 것도 별반 다르지 않다.

"투이 나가나?"

바로 옆집이 시댁이다. 시어머니는 며느리의 일상을 늘 간섭했다. 처음엔 감시라 여겼다. 지금은 그렇게까지 의식하진 않는다. 감시의 눈초리는 시어머니에게서 만이 아니었다. 작게는 집안 넓게는 마을 전체가 그런 시선으로 번득였다. 그토록 느끼게끔 했다. 어디서 무슨 일을 하건 그랬다. 혼자 있거나 여럿이 함께 있어도 발가벗겨지는 듯한 갈증의 눈초리를 의식하곤 했다.

"그~은데, 엄마. 그(근)수씨, 무슨 여(연), 락, 없었나요."

시어머니는 투이의 어눌한 발음도 곧잘 알아들었다. 고국에서도 시어머니란 존재는 엄한 상대였다. 그래도 제일 먼저 정분 있게 대해준 분이다.

"안 왔나?"

남편의 출타를 이미 알고 있는 눈치였다. 서운함이 더 보태졌다. 시어머니의 말투는 고국의 어머니를 떠올리게 하였다. 고국의 어머니도 늘 짧은 한 마디였다.

"잔~등, 너메 고추바에 가요."

"이파리 말라 비틀어지더만."

'그예, 약도 안 치고 머헌다고 집을 비우는 지, 원.' 하는 속내를 담은 말품이었다. 드물게, 시어머니가 남편을 탓했다. 며느리가 안고 있는 속내를 감지해서가 아니다. 고추이파리에 병이 왔다는 게 아들의 필요조건이 된다. 잎이 마르는 오갈병엔 천연황토유황 합제를 7-10일 간격으로 살포해야 한다고 했다. 남편은 초기에 세 차례 하고 말았다. 칼슘 제재의 농약제 살포를 해야 효과가 더 있다고 주위에선 그랬다. 남편은 유기농업 하는 사람이었다. 농약은 살충만 하는 게 아니었다. 고국의 전쟁 동안 산림에 뿌려진 제초제인 에이전트 오렌지는 고국의 산천을 갉아먹었으며 지금도 고엽제에 함유된 발암물질인 다이옥신이 음식과 모유에서 발견될 정도로 폐해가 깊다, 했다. 한국에서도 고엽제 피해 월남전 참전병들이 차에다 구호를 써서 몰고 다니는 걸 보았다. 투이는 유기농업은 고무적인 농사법이라 여겼다.

"바(방), 제야(약), 아, 안, 쓰거든요."

시어머니 앞에선 더욱이나 더 말투가 어눌했고, 흔들렸다.

"땅심을 높이던지, 밭이서 살던지."

남편이 유기농을 하려한다고 할 때 집안에서는 염려했다. 아니, 말렸다. 힘은 더 들면서 수익은 적다는 게 이유였다. 삼 년째였으나 남편은 그런대로 이겨내고 있었다.

"푸, 풀로 따, 땅심 노(높)이고 처(천)연? 머라 야(약)제도 뿌려(렸), 거든요."

"아침, 저녁 발질이 농삿일인 게다."

차양 넓은 모자를 쓰고 나서는 투이 등 뒤에 대고 시어머니가 한 마디 거들었다. 시어머니는 지금도 투이보다 더 부지런했다. 정작, 남편에게 건네야 할 진언이라 여기며 투이는 한쪽 귀로 흘려들었다.

오늘이 3일째다.

남편에게선 여전히 연락이 없다. 먼저 문자를 넣고 싶진 않았다. 애정이 식었나 싶었다. 애초에 애정이 있기나 했나? 하는 의구심마저 떨쳐 일어났다. 남편이 잠자리에서 등 돌리고 투이의 손길을 거절할 때 남편 등에 대고 물었었다.

"무, 무슨 이유, 지요?"

"뭐….."

남편이 얼버무렸다. 뚜렷한 전제가 떠오르지 않았다. 까닭을 모르니 상의하려 해도 참 난감했다. 남편이 토종씨앗에 관해 열을 내고 모임에 깊숙이 관여해 가는 게 싫지 않았다. 싫어할 이유가 없었다. 관여와 관심의 정도가 깊어갈수록 잠자리에서의 관계 횟수가 줄었다는 어떤 조짐도 감지하지 못했다. 토종씨앗과 잠자리에서의 관계 연관성을 연관해내지 못했다. 그러던 어느 날,

"당신처럼 코가 뭉툭하면 영, 이상하지 않을까?"

남편이 투이 몸을 열어젖힌 채 진지하게 묻는 것이었다.

"전신 성형도 한다는데, 뭐."

덧붙이는 말이 그동안의 남편답지 않다는 생각에 당혹스러웠다. 투이는 몸이 굳어지는 걸 느꼈다.

나날이 지날수록 남편이 초췌해 보였다. 이후, 남편의 잠자리 관계 요구 횟수가 현저히 줄고 있다는 사실감을 거둘 수 없었다. 남편에 대해 어떤 의문을 품게 되었다. 한국에 오면서 마지막으로 본 할아버지의 모습이 그런 남편 얼굴 위로 겹쳐졌다.

할아버지는 민족해방투쟁 전사는 아니었다. 하지만, 할아버지는 한국에 대해, 고국해방 전투 당시 한국군에 대해 분노했다. 한국으로 올 즈음, 치매에 걸려 있던 할아버지를 큰집으로 보러 갔

을 때였다. 할아버지는 알아보지도 알아듣지도 못했다. 투이가 한국으로 시집가게 됐다고 하자 할아버지는 망연하게 눈망울 굴리며 알아들은 듯, 그래서는 아니 된다는 듯 허둥대는 게 느껴졌다. 할아버지 손을 잡고 투이가 눈물을 보이자 할아버지 또한 슬픈 눈빛을 드러냈다. 할아버지의 눈에서 이내 눈물이 떨어졌다. 할아버지의 눈물 속에서 투이의 삶의 여정이 비루해질지 모른다는 안타까운 감정이 묻어 있다고 여겼지만 투이는 눈물을 거뒀다. 작별 인사를 올리곤 냉정하게 할아버지와 헤어졌다. 그런 할아버지가 다시금 떠올랐다. 할아버지는 아직 생존해 계셨다. 불현듯 할아버지가 보고 싶어졌다. 눈물이 왈칵 쏟아졌다.

"이고(곳)이 투이, 뼈, 무(묻)을 고(곳)이라 여기는 거, 걸요. '그지(집) 며느리는 그지에 뼈 무, 묻어라.'며요."

남편의 말뜻을 알아채면서도 투이는 그날 밤, 그렇게 대답했다. 할아버지 손을 놓고 돌아서던 5년 전 고국의 하늘은 그나마 맑았었다. 그날 낮 역시 몇 점의 구름이 하늘 끝으로 밀려난 해맑은 오후를 지나 휘영청 보름달이 밝았었다.

"속담도 익혔네, 제법."

투이의 정서가 그런들 남편의 손길은 부드럽지 않고 차가웠다. 남편의 숨길은 이내 잦아들었다. 남편이 토종씨앗으로 모종을 낼 때만 해도 남편도 그랬지만 투이 역시 전래의 농사법에 전래의 씨앗이 제격이라 여겼고 흐뭇했다.

밤이 더욱 깊어 갔다. 투이에게 연정 보였던 고국 농부의 얼굴이 조심스레 떠올랐다. 투이는 고국의 고향에 있는 호이안 중앙시장에서 채소노점을 하던 어머니 대신 시장에 나가곤 했었다. 채소를 재배해서 가지고 나오는 농부들은 늘 웃는 모습이었다. 어머니 대신 노점을 보는 투이를 보고 연정을 내보인 남자 역시 젊은 농사꾼이었다. 그 남자 역시 참 맑았었다. 베트남의 논농사는 지금도 기계화율이 높지 않았다. 더구나 밭농사는 손으로 일궜다. 농업이 산업화되어 갔지만 또한 널리 퍼져 있지는 않았기에 베트남에서 생산되는 작물의 씨앗 역시 재래종일 게 분명했다. 그때는 몰랐다. 한국의 농촌남에게 시집온 이후 고국의 농사일을 떠올리게 되면 고국의 농사가 더 전통농업에 가깝다고 되새겨졌다.

고국의 그 농부가 생각나자 시아버지가 했던 '베트남 KS표'의 의미와 토종씨앗에 대한 남편의 애착이 겹쳐졌다. 잠자리에서 내뱉은 '당신처럼 코가 뭉툭하면 영, 이상하지 않을까?' 하던 남편의 우려가 보태졌다. 등 돌리고 자는 남편의 잠자리를 떠올리자 그 표현들이 서로 어떤 연관성이 있지 않나, 하고 깊은 의구심이 일었다. 딴은, 지금에 와서는 토종씨앗보다 GMO(유전자변형생물체)가 더 많이 파종되는 연유여서 KS표, 이를테면 씨앗에 있어서의 토종을 더더욱 찾게 되는 거 아닌가, 짚어졌다. 서울처녀가 시골로 시집와 웃음거리가 된다한들 정작 미경 씨가 토종이지 투이는 끝내 유입된 외래종이었다. 씨앗보다 땅의 기운이 더 중요하다고 하는 이가 있다고 하지만 남편은 그걸 인정하려 들지 않았다. 남편의 잠자리 기피 현상에 그런 견해가 담겨 있는 건 아닐까? 하는 의문이 솟구쳤다.

어디선가 새벽닭이 울었다.

투이가 컴퓨터를 켰다. 남편과 함께 들여다보곤 했던 '씨드림' 까페에 토종씨앗과 GMO 혹은 디아스포라와의 연관성을 담은 내용이 있을 지도 모른다는 생각이 퍼뜩 일어선 까닭이었다. 남편이 혹시나 그런 내용의 글을 올려놓았을 지도 몰랐다. 충북 괴산에서 오프라인 행사가 진행되고 있었다. '궁시렁덩시렁(자유게시판)'을 먼저 뒤졌다. 최근에 올린 글 제목이 눈길을 끌었다. '무릇 남자란…',

무릇 남자란... l 궁시렁덩시렁(자유게시판)

…조회 34 l 추천 0 l 2015.03.21. 02:36

…http://cafe.daum.net/seedream/9dBw/2433

(영화)'와일드'가 보고 싶다… (그보다 백만배 더) 걷고 싶다… 농사도 상당히 걷는 일 이나 뱅뱅돈다. 왜 난 여기 남겨졌을까? 나머지 무리들이 시호테 알린으로 떠나는 뒷모습을 오랫동안 지켜봤던 기억이 난다. 아마 그는 그녀가 남쪽으로 간다는 말 한마디를 잊지 않았을터. 그래 그가 그녀를 만났기에 내가 있는건가? 하지만 왜 내게 베가본드의 피를

*전해 주셨는가? 그대여 당신이 동쪽으로 떠나지 못한 한을 왜 피에 새
기셨나요. ㅜ 한진희 버전으로 말하고 싶다. "어디론가 멀리 떠나고 (30
대는 모르리 ;;) 떠나는게 진정한 남자일진데...*

영화 이야기인 듯했다. 이해가 잘 되지 않는 내용이었다. 어디
론가 멀리 떠나고 (30대는 모르리 ::) 떠나는 게 진정한 남자일진
데, 하는 마지막 글귀가 의미심장하게 닿았다. 하지만, 문맥만으
로는 이해가 안 되었다. 다시 읽어보았다. 왜 난 여기 남겨졌을
까?, 하는 대목이 더 다가왔다. 사실, '투이는 남겨진 게 아닌 걸.'
그랬다. '투이가 선택한 한국행이야. 5년을 살면서도 투이는 여태
껏 농촌에서 아니 농촌남에게서 도망치려 하지 않았잖아.' 되뇌었
다. 한국 여성인 미경 씨가 웃음거리인 게 농촌행이라 한다면 투
이는 이국에서 온 농촌행 여성으로 '베트남은 어떤데?' 하며 의문
을 품는 남편 생각의 밑바닥을 느껍게 감지할 것 같았다.

투이 자신이 스스로 믿는 건 베트남 토종씨앗이라는 징표였다.
시아버지 표현대로 '베트남 KS표'라는 의미 역시 남편에게서는 처
녀성일 것이라는 판단을 그 동안 어렴풋, 아니 지금껏 털어내지
못한 채 지니고 있었다. 신혼 첫 밤에 투이의 선홍빛 피를 본 남편
은 투이를 더욱 깊게 끌어안았었다. 그렇게 시작한 신혼의 잠자리
는 깊고 푸르렀었다.

그러했던 남편의 손길과 숨결이 멎은 지금 토종씨앗을 선호하

는 남편이 정작 놓치고 있는 게 있다고 투이는 여겼다. 아니, 알면 서도 거부하고 있다고 판단하게 되었다. 남편이 가르쳐준 때문에 더욱 그렇게 믿었다. 씨앗의 기후적응성과 지역역병성을 이겨내는 데에는 생물의 종다양성이 한몫을 하게 되므로 같은 품종이라도 여러 종류의 씨앗이 다양하게 살아남아야 한다는 게 토종씨앗 나눔 모임에서의 지적이었다. 그 지적에 대해 남편과 함께 까페를 통해 공유하고 있었다. 남편이 토종씨앗에 대해 주입해준 견해이기도 했다.

다시금 의문이 솟구쳤다.

'생물 종다양성을 인정하던 남편의 견해는 결국 거짓말 아닌가?'

남편이 이처럼 연락 없이 문자 한 자 보내지 않고 투이 혼자 놔두는 게 더욱이나 괴이쩍게 닿았다. 결혼 생활 5년 동안 딱 두 번째 맞는 혼자만의 밤이다. 올 1월의 씨드림 씨앗 나눔 행사에 남편이 간 뒤 투이 홀로 지샌다는 외로움은 없었다. 즐겁게 맞은 밤이었다. 남편과 밤 늦게까지 문자를 나누기도 했다. 씨드림 모임으로 해서 두 번째 맞는 3일째의 눅눅한 밤은 치미는 부아를 삭이기 쉽지 않은 여정으로 흘렀다. 물론, 그 동안의 정리로 보아 이렇듯 며칠간이나 집을 비우는 남편이 투이에게 갖는 신뢰의 표증일까, 하는 심경을 내려놓고 싶지 않았다. 그런 탓에 더 헷갈리기도 했다.

다시, 까페 여기저기를 뒤지기 시작했다.

'전통농사배움터', '토종씨앗배움터', '생활문화바꿈터', '자료 곳간' 여기저기를 들고났다. 토종씨앗과 GMO 혹은 디아스포라 즉 이산의 문제를 다룬 내용은 눈에 띄지 않았다. 글 올린 지 꽤 지난 '궁시렁덩시렁(자유게시판)' 뒤쪽에 또 다시 들어갔다. 특별히 투이 눈에 밟히는 내용을 찾지 못했다. '공부방'을 거쳐 각 지역 '씨앗나눔터'에 이르렀다. 몇 지역에서 새로 글이 올라와 있다는 표시가 되어 있었지만 처음에 놓인 '제주도 모임'부터 봤다. 언젠가 아이 낳으면 아이와 함께 제주도로 여행 가자던 남편 말이 떠오르기도 하였다. 들여다 볼만한 제목이 눈에 들어오지 않았다. '씨앗나눔터'로 커서를 옮겼다. 작년 9월에 올린 댓글 많이 달린 글을 보았다. '개똥참외 나눔에 대하여'라는 제목이 눈에 찍혔다. 개똥참외는 별난 참외라는 말을 들은 기억이 있어서였다. 변종의 의미를 찾은 느낌이 들기도 했다.

제주도 말은 달라도 너무 달랐다. 육지와 멀리 떨어진 섬이라서 그럴까? 한국말도 아직 다 여물지 않은 투이였다. 투이의 '뭉툭한 코'를 남편의 눈으로 들여다보는 듯한 이질감을 투이 또한 제주도 말에서 느꼈다. 육지 여자가 제주도로 시집가는 건 웃음거리 아닐까? 하는 생각을 했다. 모를 일이었다.

전라도 모임으로 넘어갔다. 최근에는 들어가 보질 못했다. 전라도 모임에 남편의 글이 혹 있을지도 몰랐다. 논리적이고 유머 감각도 좋았지만, 남편이 글을 쓰는 것 같진 않았다. 남편의 글은 없었다. 여기저기 드나들다 끝으로 별반 기대가 되지 않는 '추천 토종도서' 창에 들어갔다. '토종 곡식(씨앗에 깃든 우리의 미래)'에 들어가 보았다. 『씨앗에 깃든 우리의 미래**토종곡식**』이라는 책이 소개되어 있었다. 2012년 11월 25일에 실린 책 소개 글이었다. 책 제목이 눈길을 잡아끌었다. 씨앗과 미래가 어떤 함수 관계에 있는지 궁금했다.

　…이렇게 이 땅에서 오랜 시간 여러 대에 걸쳐서 선별되고 고정된 씨앗을 '토종'이라 부를 수 있을 것이다. 그래서 밀의 원산지는 아프가니스탄 지역이지만 '앉은뱅이밀'의 원산지는 한반도가 된다. 우리 땅과 하늘과 비와 바람이 농사꾼의 손을 빌어 선택한 씨앗, 이것이 토종이다.

　밀의 원산지가 아프가니스탄 지역이라는 걸 처음 알게 되었다. 그런데, '앉은뱅이밀'은 토종이라고 했다. 이해가 될 듯 말 듯 혼란스러웠다. 댓글을 보았다. 아, 거기에 남편의 닉네임이 있는 게 아닌가. 가슴이 콩당콩당 뛰었다. 2015년 1월 21일에 올린 글이었다. 올 1월, 씨드림 오프라인 행사에 다녀온 뒤였다.

　두레누리 15. 01. 21. 22:33 답글ㅣ신고
　한 가지는 분명합니다. 아프가니스탄 밀이 '앉은뱅이밀'로 토종화 되기까지는 수없이 많은 세월이 흐른 뒤이듯 현재 제게는 베트남 아내로부터 잉태될 2세가 아프가니스탄 밀의 단계일 수밖에 없다는 점입니다. 지역역병성 즉, '우리 땅과 하늘과 비와 바람'의 역경을 딛고 서지 못할 거라는 엄혹한 현실이 아프게 닿습니다..

ㄴ푸르른 들 15. 06. 06. 23:05 답글 | 신고

아직 2세가 태어나지 않았나요? 낳으십시오. '우리 땅과 하늘과 비와 바람'이 단지 장벽으로 만 존재하지 않는다고 봅니다. 인간은 어떤 환경에 놓이게 되고 결국 그 환경에 맞춰 가는 존재니까요.

ㄴ두레누리 15. 06. 07. 05:23 답글 | 신고

너무 쉽게 말하는 것 아닙니까, 님은? 이른바 혼혈에 대한 우리 사회의 냉대가 여전히 배달민족적 관점에서 벌어지고 있잖습니까? 자신의 의지와 상관없이 부모들의 선택에 의해 그걸 견뎌야 하는 2세의 고통을 부모 세대가 조장하는 게 과연 옳을까요?

ㄴ푸르른 들 15. 06. 07. 05:51 답글 | 신고

다산의 시대여야 합니다. 세계화의 시대이기도 하지요. 국제결혼 이주여성 시대가 열린 지 20여년이 지났습니다. 지금, 그네들 자녀가 사회진출을 하는 성인이 되어 있는 시기에, 아직도⋯ 님의 그런 민족적 관점은 낡은 유물 아닌감요?

ㄴ두레누리 15. 06. 07. 06:01 답글 | 신고

님은 왜 토종씨앗 모임인 '씨드림'에 들어 왔나요? 우리 땅에 우리 씨앗이 제격이라 여겨서 아닌가요? 국제결혼에 의한 이주여성과의 사이에 태

어난 아이는 토종씨앗의 관점에선 결국 외래종으로 혹은 더 나아가 GMO
로 인식하고 있는 게 현재 한국의 민낯 아닙니까? 음, 그러니…고민, 고민
중입니다.

└ 푸르른 들 15.06.07.06:18 답글 | 신고

GMO, GMO라고까지…. 지나치군요. 국제 이주민과 혼혈을 포함한 디
아스포라가 21세기 전 지구적 발전 동력이라는 견해에 찬동하는 사람입니
다. 중국의 화교, 컴퓨터 기술자들인 미주에서의 인도인, 유럽 특히 프랑스
로 건너간 아프리카 흑인들, 한민족의 해외동포 역시 그렇고요. 한국 내 동
남아 이주민 또한 같은 시각으로 봐야하지 않을까요?

└ 두레누리 15.06.07.06:20 답글 | 신고

…? 어이쿠, 아내가 깼네요. 그럼, 이만.

'푸르른 들'의 댓글은 최근이었다. '씨드림' 오프라인 행사가 열
리기 일주일 전이었다. 남편의 생각을 확인하게 되었다. 투이는
머릿속이 텅 빈 듯 멍멍해지는 기분에 빠졌다. 서서히 담담해져
갔다. 의외였다. 잔뜩 기대했다가도 기대대로 되었을 경우에 느끼
는 허망함 같은 것이었다. '이대로 살아야 하는가?' 반문했다. 다
시 베트남으로 돌아갈 순 없는 노릇이었다. 다시 돌아가 고향집에
닻을 내리는 건, 여기서의 삶보다 더 큰 고통을 감내해야 했다. 그
렇다고 농촌에서, 남편에게서 도망쳐 이주노동자로 살려는 의지
또한 옅었다.

남편에게 문자를 넣었다.

─씨드림 행사에 간 이유를 알겠군요. 당신이 잠자리에서 관계를 마다한 까닭이 그래서였군요. 태어날 아이가 GMO일 것 같아서요? 왜 투이와 결혼했나요. 당신에게서 투이의 존재는 성적 대상일 뿐인가요? 그런데도, 당신은 최근에는 등 돌리고 잤잖아요. 답해 보세요?

남편에게서는 답이 없다. 해가 서산에 걸렸다. 곧 해가 졌다. 노을이 서녘 하늘을 붉게 물들였다.

닷새째의 밤이 또 서둘러 왔다.

남편은 여전히 '고민 중'인가 보다. 나흘 밤을 꼬박 홀로 지새며 투이는 더욱 단호해져 가는 자신을 만났다. 오늘 밤에도 남편에게서는 답신이 없을 거라고 여겼다. 줄곧 핸드폰을 만지작거렸다. 충전기에 연결하라는 신호가 몇 차례 이어졌다. 이내, 밧데리가 꺼졌다. 충전할까, 말까 망설이다 밧데리를 충전기에 꽂았다. 밤이 깊어 갔다. 어둠은 더욱 쌓였다. 충전 완료 불빛이 떴다. 핸드폰을 켰다. 핸드폰 기계음이 퍼드덕 울렸다. 문자가 와 있었다.

─생물종다양성⟨지역역병성.

'생물종다양성⟨지역역병성.…이라니?'

남편의 답신에 담긴 속내가 이내, 읽혀졌다.

─외래종이 토종으로 바뀔 만큼의 시간으로 5년은 부족하다? 아니, 50년이 지난다한들 베트남 여자일 뿐 서울에서 온 미경 씨

일 수 없다는 것…?

밤이 두 겹, 세 겹 더 깊어졌다. 어둠은 그만큼 더 두터워졌다. 답신은 더 이상 오지 않았다. 새벽녘, 투이는 집을 나섰다. 시댁의 닭들도 기척하지 않았다. 마을의 개들도 짖지 않았다. 남편의 문자가 다시 입력된 건 투이가 집을 나선 지 이틀 후다.

—돌아와요, 사랑하니.

남편의 평소답지 않은 건조한 문구다.

투이가 핸드폰 번호를 바꾸는 데는 한 시간이 채 안 걸렸다. 안산의 여름, 밤거리는 베트남 중부 호아빈 지역처럼 후덥지근하다. 하지만, 친근했다.

내 아내, 황주경

태풍 올라온다는 예보와 함께 추석을 일주일 여 앞두고 비가 온다. 초가을 비 치고는 꽤 굵다. 지역 농민회에서 '농민수당 도입을 위한 기본소득제의 이해와 전망'이라는 연수가 있는 날이다. 농민회에 나다니는 걸 마뜩찮게 여기는 아내, 주경을 봐서 비 핑계 대고 나가지 말까, 생각 중이다. 농민회에 나가고 난 뒤부터 술자리가 는 걸 트집 잡아 주경이 타박을 해댔다.

"비가 제법 뿌리네. 왜? 안 가려고?"

주경이 날씨에 빗대어, 나가지 않았으면 좋겠다는 의중을 드러냈다.

"인자, 막 나갈라고 허는 참이고만."

망설이던 심중과 다르게 손발이 움직인다. 옷을 갈아입는데 카톡음이 울린다.

─오랜만형성진형형수도온다는데연수끝나고따로모이면어때? 형수도보고싶네같이나오지요?

민기가 띄운 카톡이다.

―구례까지 올 짬 있남? 균 배양 실험 진척은?

순천에서 구례까지 오겠다는 민기에게 주경이 농민회 들락거리는 걸 싫어한다고 밝힐 것까진 없는 노릇이다. 민기는 송이버섯 인공 배양에 강한 의욕을 내보였다. 대학 실험실에서 연구와 현장 배양 실험에 몰두하고 있다. 외부와 접촉마저 꺼리면서도 민기는 성진의 권유를 받아들여, 지역 농민회에서 하는 행사에 드물게 얼굴을 내밀곤 했다.

―성과약간있어요조급해하지않을려구.

―그래야 좋을 것 같아. 지금 나서는 중. 혼자 갈게.

―형수는나오지못하나요?무슨일있어?

민기에게서 온 카톡을 보여줄까, 말까, 망설인다. 초가을 비 오는 날의 애틋함에 젖어 있는 듯한 주경의 심경을 건드리고 싶지 않다.

―일이 좀 있나 봐.

―서운서운......안부전해주삼.

성진과 민기, 우리 부부, 이렇게 넷이 여행 중에 만났다. 한국인이 운영하는 프라하의 게스트하우스에서였다. 성진과 민기는 해외여행이 처음이고 알고 보니 대학 선후배로 같은 방에 배정 받아 막 인사를 나눈 사이라 했다. 우리는 도시텃밭동아리에서 만나 결혼하기 전, 함께 한 첫 해외여행이었다. 저녁 먹은 후 투숙객들이

자연스레 모인 자리에서 이런저런 이야기 끝에 고향 이웃에 살거나 고향 인근 소재 대학을 다니는 여행자가 바로 옆 자리에 앉아 있다는 걸 알게 되었다. 나는 구례고, 성진은 순천이 고향이었다. 민기는 순천 소재 대학 농업 관련학과 3학년 예비역이었다. 성진은 농어촌공사 취업을 준비하는 취준생으로 두 번 떨어지고 진로에 대해 고민하다 일컬어, 긴장 완화 차 나선 여행이라 했다. 순천에서 만나자는 약속을 한 채 이틀 밤의 짧은 만남을 뒤로 하고 헤어졌다. 이후, 주경은 프라하 여행이 떠오르면 민기에 대한 인상을 들먹이곤 했다. 민기에게서 온 카톡을 내보였다.

"민기가 카톡을 띄웠네."

주경이 재빠르게 읽는다.

"민기 씨 정말 오랜 만이네. …은수 씨도 그렇고."

은수 씨는 성진의 아내다.

"어쩔래?"

"음….."

농민회에 다녀오면 술에 절어오는 남편의 음주 때문에 농민회에 대한 인상을 구긴 탓이지, 농민회에 발 들이고 활동하는 데에 대한 주경의 타박은 아니라, 여겨왔다.

"민기가 보고잡다 허잖여."

결혼하고 고향에 정착한 이태 뒤에야 대학원에 진학해 있는 민기를 만났다. 성진을 통해서였다. 성진은 농어촌공사 취업을 포기

하고 농사를 업으로 삼겠다며 내가 사는 토지면의 강 건너 간전면 수평리 자신의 외가 쪽 마을에 정착했다. 나보다 육 개월 뒤다. 막 결혼한 후였다. 성진과 연락이 닿았던지, 민기가 지난 3월 농민회 영농발대식에 왔고 거기서 조우했다.

"성진 씨한테 낚였구만."

민기도 그렇지만 나 역시 농민회에 발을 들여놓게 된 건 성진이 잡아끈 때문이었다. 구례에서 살게 된 이후, 성진과 나는 자주 만났다. 성진은 지역 농민회에서 나오는 자료들을 줄곧 챙겨 주었다. 농민회 회원들과 술자리 또한 자주 가졌다. 나로선 이리저리 얽힌 선후배들을 새롭게 알아가는 게 좋았다. 순천이 고향인 성진이 구례 출신인 나보다 지역 선후배들과의 관계망이 더 촘촘했다. 민기 근황도 성진을 통해 듣곤 하였다. 성진에게서 민기 소식을 들으면 주경에게 전했고, 우리는 프라하를 추억하곤 했다.

"성진이 마당발인 거 인자 알았능게비네. 새삼시랍게."

주경이 내보인 농민회와 관련한 저간의 심사 탓에 좀 퉁명스럽게 내뱉었다.

"연수 장소는 어딘데?"

주경이 동의를 곁들여서 스스럼없이 받아낸다. 또한 새삼스럽다.

"농협 회의실. 연수회 참석은 어렵다면 연수 끝나고 성진이네랑 민기와만 자리 따로 헐 껭께 글로 오면 되잖여."

"그럴까?"

"차 마시게."

농민회와 술로 연동되어 있는 주경의 심중을 헤아렸다.

"오빠가 농민회에 갔다 오면 술에 절어서 들어오니까 그랬지. 농민회 활동 자체에 불평 늘어놓은 건 아니었어, 알간?"

"이건, 여성 배려 차원이제."

"'기본소득제' 연수라고 했지. …오랜만에 치맥도 먹고 싶구, 그러네."

뜻밖이면서도 반갑다. 그동안 주경과 나는 성남시의 청년배당제며 서울시의 청년수당 등의 제목과 기본소득제를 연계한 인터넷 기사가 뜨면 놓치지 않고 봤다. 정치권의 공방이 거센 논제였다. 시기적으로 적절한 때에 기본소득제에 관한 연수가 배치되었다는 생각에 쾌재를 불렀다.

"아, 치맥! 듣기만 혀도 목구녁에서 벌써부텀 땡기네."

연수장인 농협 회의실에 가는 동안 나는 조금 들떴다. 농민회원들의 활동은 부부가 함께 하는 형태이곤 했다. 남편이 농민회원이면 아내는 여성농민회에서 활동하는 모양새였다. 만남도 부부가 함께 하는 경향이었다. 몇 안 되는 젊은 농민회원들은 특히 그랬다. 주경과 함께 가는 오늘의 농민회 연수가 그래서, 흐뭇했다.

─주경 동행. 치맥으로!

민기에게 카톡을 날렸다.

—굿굿!

카톡을 주경에게 보여줬다.

아직 연수가 시작되진 않았지만 조금 늦긴 했다. 연수장 입구 쪽에 차려진 차와 떡을 들며 담소를 나누는 농민회원들과 인사를 주고받았다. 주경을 소개하지는 않았다. 주경이 좀 쭈뼛해 하는 눈치이기도 해서다. 성진 부부가 연수장 앞자리 쪽에서 손을 흔들어 아는 체를 했다. 민기는 벌떡 일어나 두 손을 흔들었다. 주경도 두 손을 크게 흔든다. 70석 수용 인원의 3/4 정도 채운 채 연수가 시작되었다. 비 오는 날의 스산한, 가을 농번기에 접어들려는 초가을 분위기를 감안하면 적지 않은 수다. 농민회원 아닌 사람들이 의외로 눈에 띄었다. 안면이 있는 민중연합당과 녹색당원들도 몇몇 보였다. 녹색당 입당원서를 놓은 탁자를 두고 서서 아는 체를 하는 애는 중학교 동창이기도 하다. 의례를 마친 후 도연맹 사무국장이 지난 6월 1일 전·농과 (사)전국쌀생산자협회 공동으로 광화문에서 가진 '문재인 정부는 벼 수매가 환수 중단과 대북 쌀 교류를 시작으로 농업적폐 청산·제도개혁을 단행해야 한다'는 기자간담회 내용과 8월 22일 국회에서 연 '농민 기본권 보장과 식량주권 실현을 위한 헌법 개정 범농업계 운동본부'의 제안과 향후 활동, 고 백남기 농민 1주기를 앞두고 9월 23일 서울 종로구 르메이에르 빌딩 앞에서 개최한 전국농민대회에서의 결의 내용 등 그

동안 농민운동 관련 진행 상황에 대해 전달했다.

주경이 도연맹 사무국장을 잘 아느냐고 물었다. 나도 알진 못했다. 30년 만에 이뤄질 헌법 개정을 앞두고 농민헌법 쟁취와 관련한 기자회견 내용이 주경에게 고무적으로 닿은 눈치였다. 강사는 기본소득제 전도사라 불리는 하승수 비례민주주의연대 공동대표다. '농민수당 도입을 위한' 전제보다는 기본소득제 이해를 돕는 총론적 내용이 중심이었다. 강의는 90여 분간 진행됐다. 질의•응답이 꽤 길게 이어졌다. 주경의 학습 태도가 너무 진지해서 요즘의 모습에 비춰, 생소하게 느껴졌다.

성진이 우체국 앞 주차장에서 보자며 연수장에서 먼저 빠져나갔다. 빗방울이 주춤주춤 잦아들 듯했지만 긋진 않았다.

"연수 어땠어?"

주차장에서 기다리고 있던 민기에게 주경이 건넨 첫마디다. 프라하 여행 이후 4년 만에 만나는 터다.

"얼굴이 더 폈네, 주경 누나. 농촌 체질인가 봐."

민기가 안부부터 건넨다.

"지난 번 봤을 때보다 더 좋아 보인다, 주경 씨."

은수 씨다. 두 부부가 저녁을 함께 먹은 게 넉 달 전이다. 얼굴이 까칠해졌다고 투덜거리던 며칠 전 주경의 말이 떠올랐다. 주경이 설핏 웃음을 짓고 만다. 우체국 부근 생맥주집에 자리를 잡았다.

"농민회 들락거리며 술이 너무 잦다고 오빠, 몰아세우곤 했는데…. '기본소득제', 오늘 연수 참 좋았어."

주경이 민기에게 불쑥 건넨 처음의 문맥을 이어가려는 눈치다.

"농민기본소득제 도입 필요성에 공감허고 있나 보네에."

성진이 맞장구를 쳐준다. 강사는 농민수당과 농민기본소득제라
는 용어를 같이 썼다.

"절대 도입, 즉시 시행이 되어야 하는 거 아니남?"

주경이 밝은 표정으로 주위를 둘러본다. 우리 일행만 있다.

"'이상과 현실 사이의 괴리가 너무 커서' 쉽지 않을 것 같긴 하지
만."

은수 씨가 강사가 말한 현실 세태를 되뇌자,

"꿈꾸면 이뤄진다."

며, 주경이 V자를 내보인다.

"너무 절박한 꿈이다 보니, 희망이 더 절벽인 게 문제 아닐까?"

민기가 부정 쪽으로 거들고 나선다.

"노동에 따른 임금 체제에 위배된다넌 주장도 설득력이 없는 거
시 아니라고 봐. 거그다가, 청년실업이나 비정규직 노동자덜 현실
이 농촌으 우리덜보다 더 심각허다고 여기기 때문에 더욱 고로케
보는 거끼도 허고."

성진이 공방이 치열한 정치권의 쟁점을 들춰냈다.

하지만, 김상곤 현 교육부장관이 경기도교육감에 출마한 2010
년 6·2 지방선거 때 무상급식 전면 도입을 공약으로 내세워 돌풍

을 일으켰던 예를 들면서, 2018년 지방선거에서 기본소득제 전면 실시를 공약으로 내세우도록 공론화하는 공약 도입을 현 시점에서 모든 진영이 나서서 치열하게 요구해야 한다고 강사는 주장했다. 오늘 연수의 핵심어이기도 했다.

"농민수당에 대해서 상대적으로 보는 거 같았어, 강사도."

"상대적이라니?"

"성진 형 지적처럼, 청년실업률이 높고 비정규직 800만 시대라는 거지."

"농민덜은 숫자도 적고, 소득이 많거나 적거나 어짜퉁가네 일을 허고 있다는 거시것제."

"얼토당토 안 되넌 소리제. 중요헌 것은 소득 아녀?"

"맞아. 연소득을 평균해서 보면 알바 하루 시급이 농민들 하루 버는 거보다 더 많을걸."

"내년에는 알바 시급을 더 올린다고 하잖았어?"

"시급 일만원 시대가 되면, 젊은 사람덜 중에 누가 귀농허것다고 헐까?"

"시급을 일만원으로 올리면 농한기 땐 알바 해야겠다."

"일만원 시대가 되면 알바럴 안 쓰것제."

"그럴까?"

"어떤 디는 배보다 배꼽이 더 커뿐다고 지금부터 난리법석이잖여."

"알바 시급 올리면 농촌에 살려는 젊은 층이 더 없을 거라는 생각에 동의하긴 해. 그래서 농민수당을 더 요구해야 하는 거 아냐?"

주경이 이러쿵저러쿵 옮겨가는 말의 가닥을 잡겠다는 듯 툭 내던진다. 한 번 꽂히면 한 발짝 더 들이미는 성미였다. 주경의 성미를 아는지라, 대기업 체질 변화와 증세 부담이 걸림돌의 핵심이 될 거라는 생각을 드러내려다 거둔다. 마침, 치맥이 나왔다. 생맥 500cc가 각자 앞에 놓였다. 고추닭튀김 안주가 맛있어 보인다.

"와우! 치맥!"

"한 잔씩 하자고."

"주경 누나, 정말 오랜 만이다. 자, 건배."

주경과 민기가 잔을 부딪쳤다. 모두들 한 모금씩 마셨다.

"크아, 생맥 죽이네."

"고추닭튀김은 첨 먹어보는데, 안 맵다."

"쇼킹핫까장 니 단계가 있는디, 젤로 안 매운 걸로 주문해째에."

매운 걸 못 먹는 주경을 배려해서였다.

"가을비 오는 밤! 축배!"

은수 씨가 다시 잔을 들자고 제안했다.

"건배!"

잔을 내려놓자마자 주경이 분위기 전환을 허용하지 않겠다는 속내를 드러낸다.

"농민수당 도입을 위해서 지속적으로 연수가 필요하다는 생각이 들어, 오늘처럼."

그 사이, 손님이 들고 주위가 시끄러워졌다. 화제를 바꿨으면 하는 눈치 또한 역력했다. 주경의 '진지 모드'는 주위의 시선과 상황을 고려하지 않는 경우가 종종 있었다.

"참여 숫자를 봉게 적지 않더고만. 고생 많았네."

"나보담 사무국장이 발바닥 땀나게 뛰었제. 사무국장 없으먼 농민회는 폴세 나동그라졌을 거셔."

성진이 연수회 주변으로 말길을 옮기자,

"근데, 전통적 농민들이 그동안 담당했던 역할에 대한 평가가 우선적으로 이뤄져야 한다고 봐. 강사님도 오늘 그런 이야기를 하잖아. 고령의 농민들이 그동안 한국사회 발전에 기여하고 희생해 왔으니, 적어도 문재인 정부라면 최소한의 보상이라도 해줘야 한다고."

주경이 말의 흐름을 틀어준다.

강사는, 경제 성장의 실질적 원동력이 그분들이었음에도 한국 사회는 여전히 농민들의 희생에 대해 철저히 외면하고 있다고 했다. 실례로, 1960년대 말부터 시작된 산업발전의 모형 중 저임금 정책의 지속화를 위해 생산 회사에서 핸드폰 가격을 고가로 매기는 데도, 쌀값만큼은 정부가 정하는 양곡관리법을 적용하는 저농산물가격정책을 정부가 주도하여 실시하고 있는 건 주지하는 바이지 않느냐? 농산물 가격에 대해 시장의 자기 조정이라는 시장경쟁화의 미명 하에 가격 형성을 시장에 떠넘긴 변형된 저농산물 가격정책으로 오늘에 이르기까지 가격 통제를 하고 있으면서도 정부는 부족한 농산물의 수입을 통해 시장 가격을 조정해버리는 행태로 시장경쟁화마저 스스로 저버리는 논리 모순 정책을 여전히 꾀하고 있다. 이런 현실에서도 삿됨 없이 농산물을 시장에 내놓는, 국가경제 발전의 동력을 감당해온 농민들에게 존경심까지 갖기를 갈구하지 않으니, 농민수당만이라도 우선 시행해야 한다, 고 내세웠다.

언젠가, 농민회원들끼리의 술자리에서 70세 이상의 고령 농민들을 국가유공자로 대우해야 한다는 누군가의 주장과 맥락이 닿는 내용이기도 했다. 어쨌거나, 요즘 들어 농촌·농업·농민 문제에 대한 이야기는 이쪽 귀로 듣고 저쪽 귀로 흘리거나, 농민회 자료는 건성으로 훑고 말던 주경이었다. 연수에 참여하고 치맥도 하자고 적극 나선 게 주경이어, 나는 내심 놀라면서 술잔을 비웠다.

사실, 경기도 가평이 고향인 주경이 도시텃밭동아리에서 나보다 더 적극적으로 활동했다. 동아리에서 농업·농촌문제에 관한 이야기가 드물게라도 거론되면 누구보다 열을 내어 정부정책에 대해 비판적 촉각을 세우던 주경이었다. 그런 주경과 의기투합해서 고향으로 와 농사지으며 4년째 접어드는데 주경은 최근 들어 농촌 생활, 농사짓는 일상에 시큰둥해 했다. 하여, 시들해진 요즘의 생활이 반추되어 주경의 진지 모드가 심상치 않게 닿았다.

"근디, '전통적 농민'이란 또 머여? 농민이면 농민인 거제."

성진이 분위기를 바꿨으면 좋겠다, 싶은 심드렁한 표정을 짙게 드러냈다.

"은수 씨는 여성농민회 활동, 열심이라며?"

정작, 주경이 말머리를 돌린다. 주경의 술잔이 거의 바닥이다. 500cc면 주경은 지금 취기가 오른 상태다.

"친목도모지, 뭐."

"어떻든. …나는 요즘 농사일에 심드렁해져 있는 거 있지. 귀농자들 보면서 더 그런 생각에 젖게 돼."

기본소득제 연수 뒤풀이 이야깃거리로는 여기까지가 적당했다. 더 들어가면 갈수록 전망 부재와 생동감 저하로 어깨가 쳐진 요즈음의 주경을 보고야 말 게 뻔했다. 특히, 귀농자에 관한 이야기는 조심스러운 화제이기도 했다.

"따지고 보면, 주경 씨네나 우리 역시 귀농자라고 봐야 하지 않을까?"

은수 씨는 고향이 수원이다. 수원에서 회사에 다니다 친구 소개로 성진을 만났고, 둘 다 처음 본 순간, 이 사람이다, 했다 한다.

"나는, 내가 귀농자라고 생각 안 해. 서울에서까지 도시텃밭에서 농사일을 계속했고. 그런데, 요즘 들어 무기력해지는 나를 보면서 농촌 생활에 대해 회의감이 들곤 한다는 거지.”

주경이 술잔을 입에 댔다 떼며 덧붙인다.

“급격하게 고령사회로 가고 있는 농촌을 보면서 나도 따라서 무너지는 것 같은 느낌에 사로잡혀 있는 거야, 지금.”

성진이 주경과 나에게 술잔을 권한다. 주경의 말길을 거머쥐었다.

“귀농자덜 가운데 열이먼 닛 정도만 농사럴 짓고 있다넌 통계가 나왔더라고. 그 닛 중에서도 둘 정도년 업으로 허넌 농사가 아니라는 거여. 근디, 나는 귀농자들 가운데 농사에 매달리지 안 허는 여섯으 활동에 대히서 매우 고무적인 느낌을 가지고 있어. 특히, 우리 또래 귀농자덜이 전문직에 종사헌 경우가 적지 안찮어. 그 사람덜이 농촌에다가 활력을 불어넣고 있다는 거시제.”

주경의 요즈음 심경으로 흐르는 것보다는 그나마 귀농자 이야기로 몰아가는 게 낫겠다는 생각이 들어서다.

“자기네덜 살고 있넌 마을 노인 분덜 모습을 그레 가지고, 그걸 전시혀서 마을 분들과 항꾸네 잔치를 벌리는 화가도 있고 ‘우리 마을의 사계’라고 혀서 자연부락 단위 마을마다 철따라 다른 풍경을 찍어서 전시허는 사진작가도 있잖네. 국립극단 출신 귀농자는 극단 ‘마을’을 맹글어 갔고 문화예술회관에서 매년 정기 공연도 허고. 글고 농민회원이기도 헌 최귀식 씨는 ‘섬진강은어학교’를 열어서 인문학 강좌럴 개설허고 각종 취미교실을 여는 등등 다양한 활동을 허기도 허고. 이런 활동들은 그들 아니면 혀낼 수 없는 거여. 농사를 짓고 안 짓고넌 중요헌 거시 아니라고 보제."

성진이 생맥 한 모금을 들이키며 쉬는 짬에,

"긍정적인 면만 있넌 건 아니긴 혀. 귀농혀서까지 즈그네들끼리 패거리를 모은다거나 여그에도 저그에도 발 못 붙이고 맴도넌 부류도 있고 생태농업, 자연농법만이 가장 최고라고 허믄서, 우리덜처럼 관행농업 허는 사람들 무시험시로 은둔 생활허대끼 허는 귀농자 역시 농촌 현실을 몰르는 처사라고 보는 거제, 나넌."

또 다른 이면을 들춰냈다.

"정말, 그래. 농촌에 파고들겠다는 동참 의식, 거의 없어. 나 홀로 족으로 사는 경우가 많아."

은수 씨가 빈 잔을 들어 내 잔에 부딪힌다.

"주문받아요."

마침, 민기가 테이블 옆을 지나는 서빙하는 사람을 부른다. 다들 잔을 비운 채다.

"나는 작은 걸로."

주경이 한 잔 더 하면 가누지 못할 정도까지 갈 텐데, 하면서도 말리진 않았다.

"500 셋, 200 둘, 이번에는 후라이드와 양념으로 반반씩 주세요."

민기가 주문을 마치자,

"민기 씨는 버섯균 실험, 어때?"

은수 씨가 민기에게로 시선을 돌린다.

"진척은 좀 있어."

"얼마 전, 국립삼림과학원이라는 데서 송이버섯 인공재배 성공했다면서 방송하던데."

"그거, 좀 과장됐다고 봐, 은수 누나."

"적정 규모으 작업장이서 일정량으 생산이 지속적으로 가능헐 때 인공 배양에 성공했다고 보는 게 일반적인디, 자연 상태으 인공 방식으로 2-3개 얻은 거로넌 성공이라 볼 수 없다는 거시제?"

내가 민기의 내심을 읽어냈다.

"인자, 버섯으로 화제가 옮겨가는 거여?"

"아까, 성진 씨가 말한 귀농자들 얘기에 공감이 가. 근데, 터전이 농촌으로 바뀌었다는 것일 뿐 여전히 도시적으로 산다는 거잖아."

'아이고, 저 승질허고넌….' 입속으로만 굴렸다.

"맞어. 여•농 안에 귀농 여성이나 귀농자 아내는 한 명도 없어. 섞이지 않겠다는 거지."

"누나들 생각 자체가 너무 나간 거 아닐까? 농사를 짓고 안 짓고 간에, 섞이고 섞이지 않고 간에 그들은 도시를 떠났고 농촌에서 지금 살고 있잖아. 도시와 농촌과의 거리감은 그들이 더 크게 느끼고 있을 거야."

"단정할 수 없다고 봐."

"단정이 필요해? 설령 그들이 도시에서 살던 태도를 버렸다고 해. 그래서, 농촌생활, 농촌문화에 맞추려 한다고 치자고. 그런다 해도, 사람들 먹거리를 생산한다는 생각으로 몸에 배여 있는 농민들의 오랜 의식을 이해하면서 농사짓고 어울리는 건 결코 쉽지 않을 거라고."

"그건, 그럴 거야. 나는 지금도 어려운데."

은수 씨가 고개를 주억거린다.

"도시를 떠나서 농촌에 와서 생활하겠다는 건 어쨌거나 전환적 삶이야. 귀농자들의 재능기부 활동 역시 소중한 거고. 농민 관점으로만 그들을 진단해서는 안 된다고 생각해."

주경이 새삼 동의하는 눈빛을 건넨다.

"결론이다, 이."

성진이 그만 끝내자는데,

"또 한 가지 덧붙이자면, 패거리를 형성해서 자기네들끼리만 어울린다고 하는데, 그런 모습이 그들 스스로 농촌에서 살아남기 위해서 어쩔 수 없이 그렇게 된 강요된 태도는 아닌가? 하는 점을 들여다봐야 한다고 생각해. 지역 사람들의 텃세가 그렇게 만들었을 수도 있고 혹은 농민운동 관점으로만 보려는 농민회가 외면하고 있지는 않은가? 하는 부분도 검증할 필요가 있다는 거지. 농민회의 적폐일 수 있어."

민기가 낮지만, 각을 세워 한 마디를 더 보탰다.

"민기 씨는 연구실에서도 다 들여다보나 보네."

주경이 민기에게 하이파이브를 건넸다.

"농촌이 젊어지면 얼마나 좋아. '젊은 농촌, 젊은 농촌' 하잖아. …농민기본소득제도 그런 점에서 '청년농민수당'으로 가면 더 좋겠다."

은수 씨도 민기에게 하이파이브를 보낸다.

"헐 말이 없는 거슨 아니지만, 오늘 연수넌 여그까지다, 끝."

성진이 논쟁적 분위기에 종지부를 찍는다. 마침, 주문한 맥주와 안주가 나왔고 넷은 프라하를 회억했다. 은수 씨 역시 자신도 프라하 여행에 동행했던 것처럼 되새김의 추억에 함께 즐거워했다. 주경은 내가 부축해서 집에 왔다.

주경이 이불을 걷어차고 앉으며 머리맡에 둔 물을 찾아 마신다. 물 들이켜는 소리가 방안에 가득하다. 해가 중천에 떠 있다.

"황주경, 술국 끓여 놨다."

물컵을 내려놓은 주경을 안아 일으켜 세운다.

"오빠, 미안."

"속 안 쓰려?"

"조금."

"기분은 어쩐디?"

"비행기 탄 느낌."

"먼 느낌?"

"뻥 뚫린 기분. 연수와 연수 뒤풀이, 민기 씨 견해 등등."

민기의 생각을 접한 놀람은 나도 컸다. 허나, 이야기를 좁혀야 했다.

"머가 그러코롬 막고 있었는디?"

"생활 전반이."

"구체적으로 말 혀봐."

"어제 나눈 이야기들이 그 저변이지."

"기본소득제, 농민에 대한 사회적 인식, 농촌 환경, 귀농자덜 모습, 이런 야그들이었는디."

"거기에 다 들어 있어."

"어지께 연수가 그러케 좋았능가?"

"도연맹 사무국장이란 사람의 이야기 중에 농민헌법 쟁취와 관련한 이야기는 사실 매우 중요한 부분인데, 그 대목에 대해 질의·응답 시간에 몇 가지 묻고자 했지만, 말았어."

"왜?"

"문재인 정부에서 가능한 일이겠는가? 하는 의구심이 들더라구. 들어줄 의사가 없는 건 문재인 정부의 농민에 대한 시각 반영인데, 투쟁의 쟁점이 되어야 한다고 봤거든."

"투쟁허지 않으면 얻을 수 없다?"

"당연하지."

"누가 투쟁에 앞장 서야 허는디?"

"현재로선 농민회가 중심이 되어야겠지. 어제, 도연맹 사무국장 말 가운데 정부 출범 이후 지금까지도 대통령이 농민 생존권, 식량 주권, 농산물 제값받기 특히 쌀값 보장, 남북 농업 교류 등 향후 정부의 농업 정책과 관련해서 지금까지 단 한 마디도 하지 않고 있다는 점에 대해 분노하고 있다고 했는데, 그 지적에 전적으로 공감해."

"국 다 식어쁜다. 먹자."

"전·농 차원에서 요구가 있어야 하지 않나, 하는 거지."

주경의 성미가 또 드러났다.

"기자회견 열어서 요구했다잖여."

"그 정도로 안 되면 또 다른 방안을 찾아야지. 같은 색깔이라고 봐주는 거야, 뭐야?"

하면서, 주경이 먼저 숟가락을 든다.

"여태 술국 한 번 못 끓여줬는데, …고마워, 오빠."

나는 아연 긴장감 속에 빨려 들어갔다. 주경이 무언가를 꾸미려는 혹은 행동으로 드러내려는 심사임을 직감했기 때문이다. '고마워, 오빠'는 무슨 일을 저지르기 전에 내뱉는 주경의 관성적 표현이었다. 한 번 꽂히면 허우적거리면서도 막무가내로 들이미는 주경의 성미를 알아채는 데, 사귀면서 오래 걸리지 않았다. 나와 주경의 귀향 결정 과정이 정점이었다. 귀향 과정에서 불거지는 사소한 문제까지 주경은 거침없이 결정하고 나갔다. 가장 높은 장벽이 나의 어머니였다. 아들이 농사짓겠다는 데에 어머니는 아예 입도 뻥긋 못하게 차단했다. 내가 열한 살 때 아버지 돌아가시고 지금껏 홀로 사시는 어머니는 아들이 땅 파먹고 사는 걸 원치 않는다고 누누이 못을 박았다. 지금 다니는 회사에서 좀 더 견디면 나아질 거라며 나를 채근했다. 나와 상의도 없이 그런 어머니를 만나러 주경이 구례엘 갔다 왔다. 결혼을 석 달 앞둔 어느 날, 귀향과 관련한 이야기 중 나의 귀향 의지를 확인한 끝에 '고마워, 오빠' 하면서 헤어진 며칠 뒤, 어머니와 담판을 짓고 왔다고 주경이 내게 알렸다. 시어머니가 허락했다는 거였고, 어머니에게서 수용 통보를 받은 건 주경이 다녀왔다고 내게 알린 다음 날이었다.

─주경이다녀갔다. 엄마가설득당했다.

통화하지 않고 문자로 띄운 점에서 아들에 대한 섭섭함이 묻어 있는 걸 느낄 수 있었다. 어머니는 주경과 어떤 대화를 나눴는지 내게 굳이 밝히지 않았다. 나도 주경에게 묻지 않았다. 다만, 어머니가 주경을 흔히 말하는 착한 며느리로만 여기지는 않는 것 같다, 지금도. 결혼 4년 차인 아직까지 '손지 좀 앵게 주라'는 소원을 풀어드리지 못하는 것까지 포함해서.

"마누라 바보다, 나가."

주경이 콩나물국을 다 비운다.

"참, 모레가 감사제인 거 알지?"

잊고 있었다. 도시텃밭동아리의 연례행사다. 가을걷이를 앞두고 선후배가 모이는 자리다. 특히, 이렇게 저렇게 일터 잡고 일 하는 선배들이 2차, 3차로 한 턱 쏘는 뒤풀이가 전통이기도 했다. 주경은 감사제에 꼭 가고 싶어 했지만 그동안 정착하는데 힘들어서 피했던 모임이기도 하다. 감사제를 알리는 카톡이 뜨면 주경은 늘 서운해 했다. 우리는 작년부터 참석했다. 주경이 몹시 즐거워했다. 그런데, 나는 모레 선약이 있다. 감사제를 깜박 잊고 잡은 약속이기도 하지만, 만날 상대가 모레밖에 시간을 내기 어렵다고 해서다. 취소가 어려운 약속이다.

"모레 농협 강 상무 만나기로 혔는디 어짜제. 그날밖이 시간을 낼 수 없다넌디."

주경도 농협 상무를 만나야 하는 일의 중요함을 안다.

"기다리던 모임인데…조정해 봐."

"야그는 혀 보께."

그러다, 불현 듯 다시 의혹이 일었다.

"니, 무신 꿍꿍이속 있는 거 아니제?"

주경이 어제 연수장 입구에 놓여 있던 녹색당 입당원서를 유심히 보던 걸 퍼뜩 떠올렸다.

"무슨?"

"'고마워, 오빠' 허고 난 뒤에넌 꼭 일 저질르고 마는 거."

"내가 언제?"

"그건 니가 더 잘 암시롱도. 금방 술국 야기 끝에, '고마워, 오빠' 혔거든."

"미안하기도 하고, 국 잘 먹겠다는 표현이었지."

"녹색당 입당원서는 왜 그러케 유심히 봤는디?"

주경이 나를 빤히 바라보더니, 작심한 듯 내뱉는다.

"생각해 봐. 문재인 정부는 말 그대로 '촛불정부'야. 그 촛불에 촛불을 더 활활 타오르도록 잉걸이 된 건, 고 백남기 농민의 희생이야. 그런데, 대통령은 이 시점까지도 농민에 대해, 농촌에 대해, 농업에 대해 한 마디 발언도 하지 않고 있다잖아."

주경의 억양이 세졌다.

"…."

공감하는 부분이었다.

"농민 생존권과 식량 주권 정신을 헌법에 담아내지 않으면 앞으로 문재인 정부보다 더 민주적이라고 할 수 있는 어떤 정부가 들어선다 해도 말짱 꽝이라는 건 오빠가 더 잘 알잖아. 누가 해주지 않으니 우리가 해내야지. 당이 필요한 거야, 그래서. 녹색당이건 민중연합당이건."

"당에 가입허겄다는 거여, 그리서?"

"그냥 봤어."

"말 한 마디 있고 없고가 그러케 중헌 건 아니잖여."

"민생 챙긴다고 가장 먼저 찾아간 곳이 인천공항이었고, 비정규직 노동자에 대한 정규직화 공언이었어. 맞아, 그 행보와 언급이. 농민에 대한 예우가 조금이라도 있다고 한다면 당연히, 가장 먼저 벼 수확하는 논에 가서 트랙터 타고 운전하는 모양새라도 연출해야 하는 거 아냐? 순천에서 올해 첫 벼 거둬들였다는 기사 났더구만."

"실질적인 정책이 필요한 거시제, 머언."

"그런 정책을 볼 수 없으니까, 그렇지."

"국 더 주까?"

"됐어. 속 풀어지는 거 같아. 고마워, 오빠."

"또."

주경 혼자 감사제에 갔고 주경에게서 종로경찰서에 있다는 전화가 온 건, 동이 트고 꽤 지난 시간이었다. 1인 시위를 했고, 1인 시위 중에 연행되었다고 한다. 주경이 경찰서로 오면 좋겠다며 전화를 끊었다. 자초지종을 더 묻고 들을 수가 없었다. 주경이 경찰에게 쉽게 연행될 만큼 만만하지 않을 터인데도, 경찰서라 해서 조바심이 일었다. 부리나케 집을 나섰다. '1인 시위가 불법이 아니라고 알고 있는디, 연행되다니…' 정신없이 트럭의 페달을 밟았다. 고속도로는 막히지 않았다. 오수휴게소에 들렀다. 조바심 때문인지 오줌보가 터질 듯 소변이 마려웠다. 아침밥을 챙겨 먹지 않은 채였다. 주경이 저녁과 아침을 어떻게 먹었을까, 염려되어 특산품이라는 '임실농부 치즈초코파이'를 샀다. 시동을 걸기 전, 성진에게 전화를 넣었다. 성진은 의외로 침착했다. 1인 시위 때문에 연행되었다면 구호를 외쳤을 가능성이 십중팔구라며 소음방지법에 저촉되어 즉심 처분 아니면 벌금인지 과태료인지 모르겠지만 그런 게 부과될 거라고 설명해줬다. 성진에게 고맙고, 알았다며 전화를 끊었다. '1인 시위를 허다니…, 아으' 짜증이 솟고라졌다.

껌새를 알아차릴 수 없었다. 요 며칠 간의 행적이 떠올랐다. 기본소득제 연수와 뒤풀이에서 나눈 논쟁적인 이야기, 술에 취해 업혀온 다음 날 아침에 술국을 먹으면서 '고마워, 오빠' 하던 주경의 낯빛, 감사제에 같이 가자며 농협 강 상무 만나야 하는 약속을 미룰 수 있으면 좋겠다는 언질 등이 되살아났다. 결국 혼자 감사제에 갔고 저녁 내내 전화 한 통 없는 주경에게 서운한 마음이 솟구쳐 서울에서 사는 처제네에 갔을 주경에게 나 또한 통화를 시도하지 않고 속 끓던 어젯밤을 떠올렸다. 그 사이, 1인 시위를 위해 글을 짜고 자보를 챙길 수 있는 상황이 아니었다. '으아, 승질허고넌…' 종로경찰서에 도착할 무렵 주경이 어디쯤이냐며, 도착하면 민원실 쪽으로 오라는 전화를 했다.

조서에 싸인하고 조금 전에 나왔단다. 나중에 통보가 갈 거라고 했단다. 청와대 앞길을 지나거나 청와대로 향하는 대부분의 차들이며 사람들도 제대로 눈여겨 봐주지 않는 듯하여 농민 이야기여서 깔보나, 하는 느낌을 지울 수 없었단다. 구호를 외쳤고 연행되었으며 어젯밤에 풀려날 수 있었는데, 미란다 원칙은 지켰지만 연행자의 신분을 제대로 밝히지 않았으니 연행자의 이름을 대라고 거칠게 대거리했단다.

스스로 유치되길 원한 투였다. 주경이 요즘 말랑말랑해진 자신에 대한 자기 강제이기도 했다며 피식 웃었다. 아침식사가 된다는 경찰서 주변의 콩나물국밥집에 앉았다.

"감사제엔 안 가고 1인 시위 혔다는 걸, 어찌케 받아들여야 허나?"

내지르고야마는 성깔로 저지른 행동이 아니길 바라는 심중이기도 했다.

"기본소득제 연수 뒤풀이에서 나눈 이야기를 곱씹어 봤어. 민기 씨 생각도 좋았고. 여러모로 좀 쪽 팔렸어."

나 역시 민기의 견해가 지금까지도 뇌리를 맴돌았다.

"자보는 어디서 맹글었는디?"

"우리가 잘 가던 세종대 앞 어린이 공원에서."

"감사제 장소가 그 근처였제."

"근처까진 갔지."

"오전에 어린이 공원에서 자보 쓰고 오후에 청와대 앞으로 가서 시위럴 혔다는 거시네. 누가 안 찾디?"

밭일을 제일 잘 했고 아재개그라도 곧잘 내보이곤 해서 주경은 동아리 동기 중에서 중심이기도 했다.

"핸드폰 당연, 꺼 놨지."

"감사제 가믄서부터 혼자 갈 작정을 아예 혔뒀었끄만."

"미안해, 오빠."

"'고마워, 오빠' 아니고."

주경과 나는 크게 웃었다.

"머시라 썼는디?"

제목은 〈농민에 대한 예우가 없는 정부를 규탄한다〉로 잡았고 내용은 6월 1일 자 전·농과 (사)전국쌀생산자협회 기자간담회 자료에 나온 농업개혁 과제와 8월 22일 자 헌법 개정 운동본부 제안 내용을 일곱 가지로 요약했단다. 며칠 전, 기본소득제 연수장 출입구에 있던 이런저런 유인물을 챙겨 가지고 온 줄 나는 몰랐다.

주경이 청와대 앞에서 1인 시위를 하며 웃고 있는 핸드폰 사진을 보여 줬다. 아무려나, 예쁘다. 그럼에도 특정한 연수가 행동을 강제하는 경우를 주경에게서 본 건 사실, 흐뭇하진 않았다.

"무신 연수헌다먼 항꾸네 안가야 허겄다, 앞으로넌."

내가 숟가락을 집으며 내뱉자,

"고마워, 오빠."

한다.

"또."

주경과 나는 뜨거운 콩나물국밥을 입안에 우겨 넣었다. 구례로 가는 길에서 먹는 임실농부 치즈초코파이 맛도 좋다.

차미례의 AI 보고서

−1,820

"응, 농장 안에 있었다이."

몇 차례 통화음이 가고 난 뒤에야 아빠가 전화를 받았다.

"아빠, 서명했어?"

'배터리 케이지와 스톨 추방 백만인 서명 운동'에 동참하라고 서명 용지를 보낸 게 석 달 전이다. 아빠 농장에서는 배터리 케이지를 사용하지 않아 그나마 다행이라 여겼다. 예방처분에 대한 사회적 분위기 탓에 양계장의 배터리 케이지만이 아니라 돼지 사육농가의 스톨 또한 한 통속으로 봤다. 당연했다.

"번갯불에 콩 튀어 먹대끼 재촉헌다냐, 야가 시방."

"아빠, 석 달 전이야. 번갯불은 무슨 번갯불이야?"

서명하라고 해놓고선 닥친 앞가림 하느라 나도 깜박했다. 시작한 지 꽤 지난 서명 작업이었다. 이런저런 일에 치여 아빠한테 뒤늦게 서명 용지를 보냈다. 서명 빨리 해서 보내라고 신신당부를 했었다.

"아부지 농장은 그런 거 없잖혀냐? 그란디, 무신 서명까장 헌다냐?"

아빠가 역정을 냈다.

"아빠 농장은 그러니깐, 다른 농장에서도 그렇게 하라고 하자는 거지."

"허라고 헌다고 혀서 그러코롬 다 헌다냐?"

"그러니까, 법으로 규제하자는 거 아냐."

"방목장 맹그는 거시 일이푼도 아니고 몇 백, 몇 천 단위로 들어가는디 촌이서 먼 돈 있다고 하루아침에 그걸 허라고 허먼 허겄냐고, 인석아."

"아빠는 사정이 좋아서 한 거 아니잖아요?"

"각자금 사정이 다 다릉게로 아부지 허고 비교허덜 말어라."

"근본적인 문제를 해결하지 않으면 살처분을 피할 수 없어, 아빠."

처분한 숫자가 어제 날짜로 1,820만 마리를 넘어섰다, 한다.

"금메, 그걸 모른다냐? 사람 목숨만 귀헌 거이 아닌디. 죽여뿐다고 해결될 것도 아니고 참말로 징허기는 허다."

"아빠, 진희네 양계장은 어떻게 됐어?"

"그게….."

아빠의 설명이 길었다.

동물복지농장으로 인정된 농장인 터에, 감염 지역 3㎞ 이내라 해도 양성 판정 나오지 않았고 조사 뒤 스무하루가 지났는데도 다시 감염 양상이 포착되지 않았다며 살처분하러 온 첫날은 콤바인으로 진입로를 막고 계분을 쌓아 양계장 진입을 못하게 했단다. 해서 돌아갔단다. 두 번째 살처분하러 왔을 때에도 막았으나 중과부적이었단다.

"결국 뚫려 부렀제."

산란계 5천 마리가 예방처분되었단다.

"어떡해, 어떡해."

"공무를 집행헐라는디 방해혔다고 경찰서까장 오라가라, 헌다 드라."

"너무 한 거 아냐?"

진희는 초·중·고교까지 한 학교, 같은 학년을 다닌 살붙이만큼 가까운 친구였다. 십이 년 동안 일곱 차례나 한 반이었다. 옆 마을에 사는, 진희 아빠인 박동수 아저씨는 아빠의 절친이기도 했다. 박동수 아저씨는 '성질마저 괄괄혀서 누구헌티 지는 벱이 없는 친구'라고 했다. 오빠 결혼식 피로연 때 새언니에게 아빠 흉을 들먹이며 한 바탕 골려먹던 기억은 지금도 생생하다. 아빠는 박동수 아저씨를 만나면 그 때 그 일을 떠올려 핀잔을 주곤 한다, 했다.

"가축전염병예방벱이란 거시 무선 벱이더라."

'가축전염병예방법'은 말 그대로 예방인데도 예방으로만 그치지 않았다. 미연에 방지한다는 명목이 더 앞섰다. 해서, 귀에 걸면 귀걸이, 코에 걸면 코걸이였다. 덧붙여, 법이 무서운 만큼 그 처분도 엄혹했다. 박동수 아저씨가 걸린 건 그나마 봐줘서 귀걸이고 코걸이라 했다. 그런데도, 박동수 아저씨가 살처분 관련 소송까지 제기해 놓았다니, 끈질긴 성정이신 건 틀림없다.

"그 법은 어느 측면에서는 어느 정도 정당해요, 아빠."

농장 경영주인 아빠의 현실적 이해와 엇갈리는 부분이 딴은, 적지 않았다. 서명 건도 그렇다. 그런다 해도, 아빠의 영농 인식은 자랑할 만했다.

"알었응게, 끊자."

"서명 빨리 해서 보내, 아빠."

"근디, 서명혀서 보내믄 멀 어치코롬 헌다는 거시냐?"

서명의 효용에 대한 의문이었다. 이와 관련한 '카라동물보호시민 단체' 내부의 중간 점검 때도 거론된 문제였다. 백만인까지 서명할 추세 또한 아니었다.

"백만인 서명 마치면 그걸로 입법 청원해서 법으로 배터리 케이지와 스톨 없애고 살처분 방식도 바꾸라고 요구하겠다는 거야, 아빠."

살처분에 대한 부정적 여론은 비등했다. 정작 서명자 수는 기대 이하였다. 해당 부처는 시민단체의 어떤 움직임에도 반응을 보여 줄 시늉마저 하지 않을 듯 요지부동이었다. 산란계 농가에서는 배터리 케이지를 빼버리면 현재의 유통구조 상 손익계산이 맞지 않는다고 아우성이었다. 법으로 정해서 강제로 틀을 빼라고 한다 해도 농장주들의 저항이 만만치 않을 게 분명했다. 살충제 먹이지 말라고 골백번을 당부해왔지만 사육 방식이 바뀌지 않는 한 살충제 섞어 사료 먹이지 않으면 당장 폐사율이 치솟는 현실이라고 양계업 관련 여타 부문에서 같은 진단을 내놨다. 타산 맞춰주겠다고 정부가 보상 약속을 천명하더라도 어려운 상황이라는 인식이 내부에서조차 논쟁점의 하나였다.

　당위성을 앞세워 서명 건을 추동하고 있는 딸을 안타까워하는 아빠의 내심 또한 모르지 않았다. 한편으론, 그런 일을 하고 있는 딸과 그 모임에 대해 대견해 하는 아빠의 마음 역시 읽고 있었다.

　"지금까장 몇 명이나 했다냐?"

　"정확히는 집계되지 않아서… 아직 부족해."

　"될 성 부르지 않다만…."

　아빠도 말끝을 흐렸다. 염려였다.

　"해 봐야지. 아빠, 카톡방에 올린 사진 봐봐."

　가족끼리 나누는 카톡 대화방에 고양이 사진 올렸으니, 보라는 거였다. 서울로 오기 전까지 고양이 때문에 집안에서 다투곤 했

다. 주말이면 인근 소도시의 유기견·유기묘 보호소에서 봉사활
동 하다가 고양이 새끼를 분양받아 방안에까지 가져오면서부터였
다. 지금은 고양이 세 마리와 동락하고 있다. 고양이를 기르고 서
울로 일터 잡아 옮겨가면서 '카라' 활동을 시작했다.

"밥은 잘 챙겨 묵냐?"

"잘 먹고 있어요."

어서 시집갔으면 하는 바람이 묻어 있다.

−2,258

분위기가 어수선하다. '카라' 내 서명 전담 팀이자 기획부서 모
임이다. 다섯 명인 팀원 가운데 막내, 김은 불참했다. 입사 면접이
있는 날이라 했다. 서명 건에 전력질주하지 않은 내심을 감추지
못한 팀원들의 표정들이 역력히 드러났다.

"오늘 처분 숫자만 76만 5천, 누계 2,258만이래."

팀의 활력 담당 마스코트, 신이 숫자를 들먹였다. 서명을 시작
할 때엔 AI조류인플루엔자가 잠시 잠잠할 때였다. 3년 연속 여름철
에 AI가 온 뒤 가을까지 잠잠했다. 초겨울에 접어들자 다시 발생
했다. 계속 확산되고 있다. 최단기간의 살처분 숫자였다.

"말도 안 돼."

팀장, 박이 AI의 처분 방식을 두고 하는지 숫자에 놀라 그러는

지 가늠하기 쉽지 않은 외마디를 내쏟았다.

"초기 방역에 실패해서 계속 뚫리고 있다는데."

팀원 가운데 기획력 절대 강자인 최가 더욱 착잡한 표정으로 덧붙인다.

"이런 상황에서도 유통시키고 있는 농가 역시 문제야."

동물복지농장은 아니지만, 배터리 케이지를 사용하지 않는 아빠 농장을 떠올리며 현장 상황을 들먹였다. 사실, 늑장 대응이었다. 일시 이동중지명령스탠드스틸이 떨어진 건 AI 발생 2주가 지난 뒤였다. 가금류 판매업 등록을 한 차량은 반드시 GPS를 장착하고 실행하며 이동하게 되어 있다. 그런데, 지켜지지 않는 편이었다. GPS마저 끄고 이동한 판매업자를 방역 당국은 고발 조치할 거라고 했다. 하지만 단속 역시 느슨했다. 양성 판정이 나지 않았는데도 AI 발생 3㎞ 이내에 양계장이 소재해 있다고 무조건 예방처분한다니까, 보란 듯이 스탠드스틸을 안 지키는 농민이 없지 않았다.

"위기 단위를 높이지 않고 예찰만으로도 10㎞ 내에서는 처분할수 있다잖아."

"예상된다는 예측만으로 예방처분한다는 건, 말이 안 돼. 규정이전의 문제야, 이건."

팀장, 박의 말처럼 규정 이전의 문제였다. AI가 사람에게까지 감염된 사례는 국내에선 아직 보고되지 않았다. 동남아와 중국 쪽에선 인간감염 사례가 있고 치사율 80%대라는 게 이유다. 감염 우려가 크고 치명적일 수 있기에, 예방처분하지 않아도 된다는 해명의 과학적 근거나 임상적 결과가 확실하지 않으니 다른 방법을 모색할 수 없다는 게 방역당국의 일관된 논지였다.

"원인 규명도 쉽지 않다. 백신 투여 결과 후 증상에 대해서도 장담 못한다. 그러니까, 그런 방법으로 가는 거지."

"서 교수는 차량이나 사람 방문 등으로 감염되는 게 90% 이상이라고 주장하고 있어. 예방처분 이전에 백신 사용을 철저히 하라는 거지. 그런데, 외면하고 있잖아. 따져봐야 해."

최의 지적은 옳다. 나도 아는 츠대 수의학과 교수다. 얼마 전에 있었던 전임 정부 주무장관의 인터뷰 내용이 떠올랐다. 144개 바이러스 타입 별로 백신을 생산해야 하는 문제가 있다느니, 인수공통 전염병으로 AI 백신에 의한 변종이 나오면 치료약마저 없어 인류에게 더 큰 재앙이 올 수 있다느니, 하면서 백신 사용도 신중하지 않을 수 없다는 견해를 피력했다.

"그러긴 한데…."

신이 말끝을 흐렸다.

"예방처분 반대 논리로써는 실증적이라 보기에 좀 무리가 있는 듯하지 않아?"

팀장, 박이 덧붙였다. 난상토론이 이어졌다.

"가설에 의한 예측에 대해서는 수용하면서 서 교수의 연구 결과에 대해선 외면하는 어떤 내막이 있을 거라는 거지. 거기에다, 대형 생닭 유통업체에서는 도리어 쾌재를 부른다는 풍문을 들으면, 이건 뭐야? 하는 생각을 갖지 않을 수 없다니까."

"처분에 따른 보상을 거의 다 챙긴다는 건 사실인가 봐."

"산란계건 육계건 대부분의 양계장이 거의 다 위탁농이니까, 그럴 수밖에 없는 구조야."

"축산업 쪽에서 횡행하는 생산 구조와 처분 방식을 연계해서 예단하는 건 좀 앞서 나간 것 같긴 한데."

눈빛들이 내 쪽으로 쏠린다. 아빠가 시골에서 양계장을 하는 줄 모두 안다.

"의문에 의문이 더해지는 경우야. 처분 뒤에 오는 보상 결과에 대해 살필 필요가 없다고 보는 건 이 문제가 지니는 매카니즘에 대해 안이한 접근 태도라고 할 수도 있어."

생닭 유통기업이 농가에 병아리를 공급하고 키우도록 한 뒤 사육수수료를 주는 현재와 같은 축산과 유통 구조로는 유통 대기업에 귀속되는 보상의 집중화를 막을 수가 없다. 하림, 동우 같은 큰 계열화기업이 정부보상금의 80%를 거머쥔다는 소문이 파다하다. 거기에 다솔, 올품 등 몇몇 중소 업체 역시 지자체로부터 보상금을 받고 있다. 지자체에서는 계열화기업과 양계 농가와의 합의된 계약 사항이므로 관여할 사안이 아니라고 뒷짐지고 빠져나가고 있는 실정이다.

"관행적인 사안을 건드리는 게 쉽지 않아서 그렇지 거기에 문제가 없다고 보는 건 아냐."

라고 해명했다. 퍼뜩, 아빠 농장을 떠올렸다. 아빠가 엄마와 함께 서명해서 보냈다. 육계를 하고 있는 아빠 농장은 대규모도, 소규모도 아닌 중간 정도의 양계장이다. 위탁 사육하지 않을 뿐더러 배터리 케이지도 사용하지 않는다. 넓은 사육 공간을 두어 사육 밀도를 낮췄고 홰를 설치해 닭의 쪼아대는 습성을 충족해 주고 있다. 아빠 농장은 동물복지농장 수준은 아니지만 사육 환경을 고려해 실외 방목장을 기준 이상으로 확보하여 기르고 있다.

"미례 씨, 아빠 농장은 어때?"

팀장, 박이 문득 떠오른 듯 물었다.

"6㎞까지 왔다는데, 아직 괜찮은 것 같아. 그런데, 3㎞ 이내에 있는 복지농장으로 지정되어 있는 친구네 농장은 음성 판정 받고 3주 뒤에 감염 상태가 포착되지 않았는데도 살처분 당했다는 거야."

"동물복지농장이라고 지정하질 말든지."

"복지농장 농장주 입장에선 궤변인 거지."

"비인간 동물 아우슈비츠야, 여긴."

신이 찻잔을 탁 내려놓으며 내뱉는다. 정작, 서명 건에 대한 협의는 현재의 서명 상황처럼 지지부진했다. 다른 방안을 모색해야 할 단계였다.

−2,610

겨울이 깊어 갔고 바람 끝은 더 매서워졌다. AI도 여전했다. 30분 지나 다시 걸고서야 진희가 전화를 받는다. 진희네 희망농장 닭들이 예방처분 된 뒤 아저씨마저 경찰에 고발된 상태라는 걸 듣고 진희에게 거는 두 번째 전화다. 첫 번째 전화는 진희가 카톡으로 보낸 두 장의 파노라마 사진을 본 후였다. 사진 1)은 동물에게 고통이 적은 방법을 현장 사정에 맞게 선택, 적용하도록 규정한 몇 가지 살처분 요령이 지켜지지 않고 두세 마리씩 산 채로 마대에 넣어지는 생지옥 장면이었다. 사진 2)는 감염 위험에 방제백의와 마스크를 쓴 채 자루를 메고 나오며 허공을 바라보는, 고통스러움이 짙게 배인 살처분 담당자의 눈빛이었다. 요가 강사 자리를 옮겨야 했던 터라 자주 전화할 여유를 나 또한 갖지 못했다.

"바쁘구나."

"뭘 좀 찾고 있느라 소리를 못 들었네."

"어떻게 됐니?"

"경찰서에서 오라고 하는데 가지도 않고 항소 제기하고 농장 앞에다 프랑 걸고, 난리다, 난리."

"프랑까지 걸으셨어. 너는 뭐 하는데?"

"항소심 잡혀서 준비하고 있어."

진희는 시골 인근 도시에 있는 법학전문대학원에 다니고 있다.

왕언니 학생이라 했다.

"SNS에 올려야 하지 않아? 탄력 받을 잇슈잖아."

"내가 올리는 게 좀 그렇긴 하지 않니?"

"뭐가 그렇긴은 그렇긴이야."

충분히 공감할 수 있는 잇슈라 여겼다. 예방처분까지 합해서 벌써 2,610만 마리가 살처분 당했다. 하루 평균 65만 마리의 살처분이 행해지고 있다. 꼭 이런 방식이어야 하는가에 대해 공분이 컸다. 복지농장으로 지정되어 있는데다 양성 판정이 나오지 않은 축산류에 대해서는 살처분 대상에서 제외해야 한다는 내용에다. 외국 사례를 덧붙여 올리면 많이 공감할 쟁점이라고 봤다.

"국민청원제도를 활용할 수 있을 것 같긴 한데. '카라'에서 벌이고 있는 백만인 서명 작업과도 통하는 듯도 하고."

"공분을 느끼면서도 서명 동참율은 떨어진다."

분통이 터지지만, 사실이다.

"그게, 그렇더라. 아빠의 이의제기도 이분법적으로 보는 거야. 편향적인 공격이 들어오고 있어. 꽤 집요해. 내용을 잘 아는 전문가적인 사람도 있지만 일반인들도 아빠에게 항의를 하는 거야. 법원에서 1차 기각되면서 방송을 탔거든."

"이해 부족인 거지."

"꼭 그렇게만 볼 수 없겠더라. 동남아나 중국의 인간감염 사례와 치사율을 들먹이면서 현재의 상황이 갖는 절박성을 갖다 대면

말문이 막히고 흔들리지 않을 수 없겠던데. 예측 불가라는 현재의 상황은 이쪽도 저쪽도 똑같은 무게값이라는 논리는 틀리지 않거든. 아빠도 그렇게 치고 들어오면 당황해 하더라니까. 법원이 판단한 1차 기각도 마찬가지 논리였어."

"사육 방법에 대한 근본적인 환경 개선에 정부가 적극 나서지는 않으면서 AI 청정국 지위를 유지하기 위한 방편으로 거의 무조건적 살처분을 하고 있는 거야, 이건."

"이 문제에 관한 여러 가지 자료가 '카라'에 없을까? 과학적 근거를 제시해 줄 만한 내용이나 외국 사례에 관해서 자료를 좀 찾아줄 수 있겠니?"

"항소심 대비용이야?"

"이 문제 가지고 스터디 하기로 했어. 아빠 소송과 청원 관련해서도 필요한 내용이고."

"연구 테마로도 좋을 듯하다. 백만인 서명에 동참하는 변호사 그룹이 있어. 동물의 권리를 옹호하는 변호사들, '동변'이라고."

"민변 쪽 변호사들이 참여하고 있는 것 같더라."

"'동변'이 다 그쪽인지는 모르겠어."

"담담 주, 목요일까지 자료 가능하겠니? 인터넷 자료에는 한계가 있잖아."

"찾는 데까지 찾아볼게."

"고맙다."

다행히 진희는 씩씩했다.

−3,118

지켜지지 않는 삼한사온의 끝날, 모처럼 날씨가 조금 풀렸다. 새언니에게 페이스 톡을 띄웠다. 거실 베란다에서 겨울철 화분 관리를 하는 듯했다.

"아가씨, 웬 일이예요?"

"잘 지내지요? 궁금해서요."

화요일은 오전, 오후로 나눠서 진료하는데 오빠가 오전 진료라 했다.

"특별한 일은 없어요. 아가씨는요?"

"나도 별 일 없어요."

"별 일이 있어야 하잖남요, 곧 봄인데. 하하."

"언니는⋯. 오빠는요?"

"오전 진료예요. 얼마 전에 오빠가 아버님과 통화했는데, 아가 씨가 서명하라고 했다면서, 서명해서 보냈다고 하더래요, 아버님이. 그 백만인 서명 운동 관련해서는 진척이 있어요, 어때요?"

서명 용지를 오빠네 동물병원에는 보내지 않았다.

"성과가 두드러지진 않아요."

새언니는 서명 용지를 농장으로만 보낸 이유를 묻지 않는다.

"병원에도 친분이 있는 '동변'이 보낸 서명 용지 놔두고 있거든요. 몇 장을 홀더에 끼워 입구에 따로 놔뒀어요. 벌써 꽤 지났는데 아직 한 장도 못 채우고 있네요. 처분 단위가 천 만 단위를 넘고, 그 살풍경을 TV 화면에서 보게 되니까 공분은 하면서도 정작 서명하라면 망설이면서 의문을 제기해요."

"의문요, 어떤?"

"작년 겨울에는 최초로 AI 바이러스 두 종류가 동시에 발생했는데 유례가 없다더라, 경기도 포천에서는 폐사한 고양이에게서 고병원성 AI 감염을 확인했다더라, 이러다 사람한테까지 옮기는 거 아니냐? 나름 상세하게 알고 있더라구요. 그러니, 현재로서는 살처분 방식 외에 백신만으로는 잡을 수 없다는데, 그렇게라도 해야 하지 않느냐? 하는 거지요."

"산란계 닭 99%가 배터리 케이지에서, 돼지 99.97%가 스톨에서 공장식으로 사육되고 있는 현실에선 고병원성 AI나 구제역을 결코 막을 수 없는 상황이란 걸 잘 모르니까 그래요."

"병원에서 그런 현실을 길게 설명할 수도 없잖아요. 안타까워요."

"언니네 병원에서는 그나마 서명 용지라도 비치해 놓고 있어, 좋으네요."

수의사 부부인 오빠네 동물병원만이 아니었다. 우리나라 수의사들 대부분이 반려동물 임상 위주로 병원을 운영하고 있다. 좁은 의미의 산업동물들에 대해서는 상대적으로 관심도가 낮았다. AI 나 구제역 자체를 외면하고 있다고 보는 게 옳다.

"몇몇 아는 병원에 서명 용지를 복사해서 건네기도 했지만, 얼마나 했냐고 묻지 않았어요."

요즘 수의대 진학 자체가 반려동물 임상을 목적으로 두고 있다. 반려인구 400만에 천만 반려동물 시대라 한다. 동물병원은 도시에 집중되어 있다. 수의학과가 인기학과로 떠오르는 경향이 두드러졌다.

"수의사들 역할이 중요할 것 같네요."

인간 동물이 비인간 동물들을 공장식 축산 방식으로 사육하는 부분에 대해 수의사들의 책임성은 줄곧 의문시되어 왔다. 딴은, 수의과대학에서부터 외면하는 현실인 건 누구보다 더 잘 알고 있을 새언니다.

"오빠나 나 때만 해도 수의학과 임상은 산업동물 쪽이 대부분이었거든요. 이렇게 변한 게 불과 15년 정도예요."

"수의사 협회 차원에서 어떤 움직임은 없어요."

"사실, 오빠나 나나 협회에다 이러저러한 부분을 추진하자고 할 계제나 위치도 아니어서 모르쇠해요."

"얼마 전에, 인터넷 서핑하다 수의사회 회장 인터뷰 내용을 본 적 있거든요. 주목할 만한 내용이 있던데요."

"세 번째 연임에 성공했다는 인터뷰, 나도 협회지 통해서 봤어요. 특히, 농식품부에 축산동물 감염 방역 전담 부서 설치를 추진하겠다고 하더라구요."

그 외, 동물장례식장 설치법을 추진하고 가축질병공제제도 도입과 동물보호법을 동물복지법으로 개정 강화에 힘쓰겠으며 초등학교에서 동물보호교육을 확대할 수 있도록 하겠다는 내용에 대해서는 새언니도 봤을 듯해 거론하지 않았다. 오빠보다 더 잘 통하는 인식의 동류성을 지니고 있는 새언니다. 미더웠다.

"새언니한테 부탁할 게 있어서 전화했어요."

"그래요? 뭔데요?"

"아빠 친구 분이 하는 희망농장 딸, 진희 있잖아요."

"아가씨 친구, 진희 씨. 그렇지 않아도 오빠가 아버님과 통화했는데, 뚫렸다고 허드래요. 공무집행방해죄로 걸려 있는데, 예방처분 방식에 대한 법원 소송까지 제기했다는 얘기도 들었어요."

"항소심도 얼마 전 열렸대요. 오늘 전화한 건, 진희가 자료를 좀 구해 달라는데, 나로서는 한계가 있는 자료들이어서요."

"어떤 자룐데요? 보내 봐요."

"진희가 보낸 목록, 문자로 찍어줄게요."

새언니 수의학과 다닐 당시의 커리큘럼과 현재의 교육과정 변동에 관한 자료, 수의윤리학 교육 내용, 해외 AI 방역체계 사례나 목록 그리고 가금산업 및 AI 방역 체계 개선 방향을 담은 수의학계 연구보고서 등이었다. 법규 관련해서는 1차 스터디를 했단다.

그런데, 수의학계에서 진행하고 있는 방역 체계에 대한 대응이나 대책 등 앞에서 말한 자료들은 인터넷에 떠 있는 거 말고는 쉽지 않았단다. 그런다기에, 오빠네한테 부탁해보겠다고 했다. 진희가 필요한 자료 목록을 적어 보낸 게 1차 자료를 보낸 한참 후였다.

"그래요. 언제까지 해야 해요."

"다음 달 10일까지면 좋겠다는데, 가능할지 모르겠네요?"

"목록 보고 해 볼게요. 까다로운 자료는 힘들 수도 있겠어요. … 아가씨, 오빠가 좋은 후배가 있다고 하는데, 어때요?

"고마워요. 끊을게요."

새언니는 알면 알수록 묘한 끌림이 있다. 뾰족하면서도 부드럽다. 오빠와는 다른 사회적 인식 태도를 지녔다. 나의 '카라' 활동에 대해서도 새언니는 지지를 보냈다. 옷차림은 좀 촌스러웠다. 특색이 드러날 듯한데, 그렇지 않았다. 깊어 보이지만, 쾌활했다.

−3,350

"오빠다. 음, 진희는 잘 있다니?"

어렸을 적부터 진희를 보아온 오빠다.

"응. 아주 잘 살아. 힘이 넘쳐."

"그렇구나. 근데, 진희가 요청한 수의윤리학 자료는 어느 관점에서, 어디까지 다뤄야 할 문제일까?"

폰을 통해 들려오는 오빠의 목소리가 무겁다.

"나도 잘 모르지?"

오빠는 자기 생각을 곧추 드러내지 않는 사람이다. 매번 나는 속을 다 보이고 난 뒤, 오빠 생각을 접하며 뒤통수를 긁곤 했다.

"그러게 말이다. 나도 확연하진 않은데."

"책이나 자료가 있어?"

"생명주의적 관점에서 쓴 책이야 있지. 근데, 수의사는 산업동물, 더 좁게는 반려동물을 임상 치료하는 사람이야. 그러니까, 비인간 동물에 한정한 윤리적 접근인 거지."

"진희가 요청한 자료도 그럴 거 같긴 한데, 좀 더 포괄적으로 접근하면 안 될까?"

"그렇겠지? 그렇게 보니까, 이런 문제가 있겠더라. 뭐냐면, 가금류를 포함한 축산의 산업동물을 인간이 식용하잖아. 그러니까, 식용하는 관점에서 바라보는 윤리적 가치의 문제가 있겠고. 다른 하나는, 생명체라는 관점에서 들여다보는 윤리적 문제, 이 두 갈래의 시선이 상반된 논쟁거리이지 않을까, 싶더라."

"쉬운 문제라고 보진 않아."

오빠의 표현 자체가 조심스럽게 닿았다. 새언니 역시 자료를 쉬이 구하기 어려워서 오빠와 상의했을 터다. 딴은, 수의학과를 졸업하고 동물병원을 연 지가 벌써 14~5년째니, 그런 문제에 둔감할 경륜일 수도 있겠다, 싶다.

"나나 새언니가 학교 다닐 때는 사실, 동물에 관한 윤리적 관점을 거론한 교수도 거의 없었거든."

오빠나 새언니가 수의과대학에 다닐 당시의 동물 윤리에 관한 자료이긴 하지만 사실은 동물 학대가 만연해 있는 이즈음의 세태에 대한 새언니와 오빠의 생각은 어떤 거야? 하는 물음까지도 내포한 자료일 수도 있었다. 오빠는 비인간 동물의 학대와 관련한 자신의 생각은 드러내고 싶지 않은 심사일 게다.

"예를 들면, 동물 중에서 쥐나 토끼 등은 신약 개발 과정에서 실험용으로 무수히 죽어갔잖아, 지금도 여전히. 인공수정의 비윤리성 역시 마찬가지고. 그런 문제에 대해서 무감하지 않았을 거 아냐?"

"수의학의 실험 대상은 신약 개발에 있지 않아. 지금도 그렇고. 산업동물의 인공수정이 옳으냐, 그르냐, 하는 문제도 사실 논쟁점이 아니었어, 당시에는. 황우석의 인간복제 실험이 밝혀지면서 실험 대상에 대해 논란이 확대된 거지. 수면 아래에선, 수의사와 의사 사이의 역할 논쟁이 더 큰 문제이기도 했고."

황우석 박사의 인간줄기세포 배양에 관한 논문 발표가 사기극이라며 논란이 증폭되었던 때가 있었다. 인간을 대상으로 한 실험이어서 논란이 확대된 성격이 짙었다. 비인간 동물 생명권 차원과는 아예 거리가 멀었다. 추후, 비인간 동물권 제정 노력에 힘을 쏟게 하는 움직임에 기여한 측면이 전혀 없진 않았다.

"오빠 생각은 어떤 거야?"

짜증이 났다.

"로스쿨에서 스터디 할 내용으로는 좀 더 포괄적인 문제가 포함되어야 하지 않을까, 한다. 예를 들어, 인간복제 연구를 위한 난자 제공이 어디까지 허용되어야 하는가, 하는 문제가 더 직접적이고 더 논쟁적인 대상 아니겠니?"

단도직입, 물었다.

"여름철에도 AI가 3년째 발생했고, AI 청정국 유지라는 명분으로 예방처분까지 하는 건 비인간 동물에 대한 살육 행위야. 먹이 사슬의 최상위에 있는 인간 동물이 저지르는 도살 행위잖아, 오빠."

목소리를 낮추고 이야기하려 했다. 하지만, 끝이 올라가는 말투로 내뱉었다.

"그래. 네 말처럼 수의학적 관점에서만 본다면 AI에 대한 살처분 방식은 넌센스야. 그런데, AI에 대한 전염 경로도 확실하게 규명되지 않고 있잖아. 백신의 경우 역시 효용성을 100% 신뢰할 수 없는 상태고. 그래서, 현재로선 정부의 논리대로 예방처분을 인정하고 있는 거지. 사람과 동물 모두가 걸릴 수 있는 인수공통 전염병인 건 알려진 대로고. 거기다 사람 몸속에 얼마 동안 잠복해 있다가 사람과 사람 사이에 병원체를 옮기는 순환감염 우려 때문에 방역당국 입장에선 극단적이고 확실한 방법을 채택하지 않을 수 없는 상황인 거지."

오빠가 유지하려는 객관적 입장에 대해 화가 치밀었다. 늘 어리게만 보는 오빠의 편견이 묻어 있기도 하다. 늦둥이 고명딸인 나보다 아홉 살이 많은 오빠이긴 했다.

"처분 숫자가 3,350만이 넘었어, 오빠. 살처분 현장을 공개하지도 않아. 수의사가 현장에 있다지만, 수의사 역할이 전혀 드러나지도 않고 있다는 건 오빠가 더 잘 알거야. 전살과 가스살로 안락사 시켜야 하는데, 그렇게 하고 있지 않잖아. 대부분 그 이전에 죽임을 당하는 현실이야. 이래서는 안 되는 거 아냐?"

오빠에게 나의 조급함을 또 드러내고 말았다.

"차미례, 흥분하지마. 자료에 관한 이야기야. 오빠는 수의학적 방역 정책을 다루는 행정관료가 아니야. 수의사는 비인간 동물의 생명을 중시하면서 치료하는 직업의야. 더 직설적으로 말하면, 살처분 문제는 네가 활동하는 '카라'에서 더 적극적으로 다뤄야 하는 사회적 문제이기도 해. 어쨌거나, 그런 측면에서, 오빠는 너의 생각이나 행동에 대해 매우 고무적이고 고마운 느낌을 가지고 있다. 언니도 그,"

오빠의 말을 잘랐다.

"가족 이야긴 여,"

오빠는 늘 그랬다. 오빠로서의 위치와 포용을 드러내곤 했다.

"차미례."

오빠 역시 내 말을 끊었다.

"…."

"차미례. 어떤 문제를 드러내는 태도에 있어서는 좀 더 신중할 필요가 있다고 보거든. 네가 말한 문제가 옳다고 치자. 아니, 옳다. 근데, 정당하다고 해서, 그 정당성에만 무조건적으로 의존하고 고집하는 건 좀 단선적이라고 본다, 오빠는."

"오빠는 늘 신중하고자 했지."

"네 표현대로라면 아마, 집안의 종용이라고 해야겠지. 하지만,"

"오빠. 그만해. 집안, 가족 이야기 그만 하자고, 적어도 여기선."

"그러자꾸나. 미안하다."

"지금까지 지배해 온 우리 사회의 모습은 양비론에 의한 정당성의 훼손이었어. 끊임없이 이분법의 잣대로 선을 그어 왔어. 이분법의 잣대로 들여다보고, 차별하고, 구석으로 내몰았잖아. 정당하다면 마땅히 가야지. 가야했어. 살처분 역시 그런 선 위에 놓여 있어. 정당성에 이러니저러니 토를 달아 온 건 수구의 논리야. 오빠나 언니가 그렇다고 보는 건 아니야. 하지만,"

오빠가 또 말을 차단했다.

"비약이 심하다. 거기까지 하자. 자료는 대부분 구해 놨으니까, 언니보고 보내라고 하겠다. 끊자."

'아으, 이렇게 끝내지 않아야 하는데….' 오빠와 나누는 대화가 늘 이런 식은 아니었다. 사실, 조급해서 일 테다. 한참을 멍 때리다, 핸드폰 끄고 요가원 바깥 하늘을 건네 봤다. 구름이 두텁고 낮게 깔려 있다. 진희가 보낸 사진이 퍼뜩 떠올랐다. 아릿함이 몰려왔다.

−3,802

희망농장 아저씨의 항소심도 기각되었다. 스터디에서 진희가 어떤 이야기를 나눴는지도 궁금했다. 진희와 두 번째 통화 뒤 옮긴 요가원에 적응하느라 나 역시 바빴다. 모임에서는 살처분 방식에 대한 새로운 대응책을 모색하며 여러 차례 협의를 거듭했다. 몸과 맘이 지친 상태로 주말을 맞았다. 긴장을 풀고 뒤척이다 깜박 잠이 들었는데, 카톡음이 들렸다.

　−아가씨잘지내지요?오빠와나눈이야기들었어요.아가씨가좀언짢았겠다여기면서도전화못했네요.미안해요.오빠아가씨에대해애정깊어요.그런점은알아주길바래요.평화를빌어요!참진희씨는어떻다고하던가요?

　새언니의 문자는 오빠와 나눈 대화가 있었던 때로부터 3주 뒤였다.

　−진희와 통화 못했어요.

　여진이 남았다. 오빠에게 역정을 낸 후 스스로에게 언짢아진 기분을 다스려 가라앉히기가 쉽지 않았다. 새언니에게 그래선 안 되는데 하면서도 짧게 대꾸했다.

　－알다시피 신중한 사람이잖아요. 아가씨의 견해에 대해 꽤는 다각도에서 대화하려 했을 거란 점 충분히 그려져요. 수의사로서의 역할에 대해 오빠와 이야기 나눴어요. 나도 그렇지만 오빠도 행동하려 해요. 아가씨에게 좀 더 일찍 대화를 청하려다 시간을 두는 게 좋겠다 싶어 이제야 메시지 전하네요.

　'행동하려 한다고? 그렇다면, 내질러 봐야겠군.' 하는 심경이 불쑥 돋았다. '고마워요.'라는 말은 입안으로 삼켰다.

　－AI로 3,802만 마리가 살처분됐다는 게 최종 집계예요. 다행히 아빠 농장은 처분을 면했지만, 언제고 다시 겪게 될 상황이예요. AI 상시발생국이 될 위기이니까요. 그래서, 제가 활동하는 '카라'에서 논의하고 실행에 옮기려 계획하고 있는데, 음... 새언니한테 제안 하나 할게요. 살처분 반대 3,802인 선언을 기획하고 있어요. '카라'와 '동변', 녹색당 거기에다 호주에 본부를 두고 있는 NGO 그룹인 '비건Vegan 행동주의'와 결합한 행위예요. 우리 가족이 함께 했으면 해요.

　－어떤 식으로요?

　－3,802명이 살처분과 관련한 요구 조건을 내걸고 서명해요. 이를 신문 광고로 띄워요. 광고 나가고 난 다음 날, 3,802명이 각자 자기 위치에서 1인 시위를 하는 거예요. 아빠는 아빠 농장 앞에서

하는 거지요.

－동참하겠어요. 오빠도 동참하도록 할게요. 아버님은 좀.

새언니는 망설임 없이 의사를 드러냈다. '오빠까지요?' …하는, 놀람을 건네지는 않았다.

－아빠는 내가 해볼게요.

－좋으네요. 근데 '비건행동주의'는 어떤 성격이예요.

－완전 채식주의자 그룹이예요.

－아가씨 혹시 거기에 빨려 들어가는 거아녜요.

－좋은 친구들 많더라구요. 새언니, 고마워요. 오빠한테 전화할게요.

－아가씨 응원해요.

－평화!

'내가 먼저 평화여야 한다'는 생각을 다시금 각인한다.

－1인 시위

맨 먼저, 아빠가 사진을 올렸다. 밀집모자를 깊게 눌러쓰고 자보를 들고 서 있는 모양새다. 어딘지 좀 안 어울렸다. 하긴, 데모에 어울리는 품새가 어디 따로 있겠는가? 엄마와 번갈아 가며 자보를 들었단다. 엄마는 수줍은 듯 밝은 표정이다.

－느그어매아조이쁘다이.

엄마를 '이쁘다'고 표현하다니⋯. 아빠의 속내가 해맑게 닿았다.

'동물 생명도 귀하다. 무조건적 살처분 반대한다.'

베니아 판에 마분지를 붙여 압정으로 누른 자보였다. 아빠 글씨체다. 아빠는 글씨를 썩 잘 썼다. 한문보다 한글이 보기에 더 좋았던 기억이 난다. 배움이 길지 않은 부모님이지만, 생각은 늘 좋으셨다.

─아버지, 엄마! 딸 잘 두셨어요. 하하!

오빠다. 이렇게 쓰지 않을 오빤데, 하면서

─엄마, 아빠 딸인 걸 어디서든 자랑해도 괜찮아요. ㅋㅋ!

나 스스로 낯을 세우는 건, 아빠와 엄마에 대한 자랑스러움이었다. 아빠는 동물복지농장 수준의 양계장 시설 투자에 거침이 없었다. 당연하다, 했다.

─아가씨는어땠어요?

새언니가 이었다.

─광화문 광장이 중심이었어요. 청와대 앞에서도 릴레이식으로 했구요. 나는 종로 르메이에르 빌딩 앞에서 했어요.

'지구의 평화는 비인간 동물의 생명권 보장부터!'

오빠가 자보를 치켜들고 얼굴을 가린 채 서 있는 모습이 좀 아쉬웠다. 하지만, 행동하겠다는 다짐을 확인한 건 고무적이지 않을 수 없다. 새언니 또한 병원 앞에서 자보를 들고 있는 모습이 보기에 좋았다.

─오전오후오빠와1시간씩번갈아가면서부부합여섯시간의강행
군이었어요.

새언니가 시위 모습을 시간대 별로 가족 카톡방에 띄웠다.

'공장 대신 농장을'
'배터리 케이지와 스톨 없는 방목장 확보'
'3㎞ 싹쓸이 살처분 즉각 중단하라'
'밀집사육 줄이고 방목사육 환경 조성, 정부 지원 절실하다'
'중점방역지구 관리 기준 세우고 단속을 강화하라'
'백신 정책의 조속한 현실화 대책 수립하라'
'농장동물도 생명입니다'

전국 각지에서 '카라'에 올린 1인 시위 현장 사진을 가족 카톡
방에 날랐다. 농장주는 물론이고, 교회와 성당, 절에서 성직자들
이 피켓을 들었다. 국회 농림축산해양수산위원회 소속 국회의원
도 여럿 참여했다. '카라', '동변', '비건행동주의', 녹색당과 민중연
합당원들, 여당인 민주당 소속 국회의원과 야당인 민평당, 정의당
등의 국회의원도 참여하고 자보를 올렸다. 일반인 참여도 많았다.

─어머어머벅찬감동이네요.

새언니가 놀라움을 드러냈다.

'예방적 살처분 한다는 것은, 무조건적 살처분 한다는 것은,

진짜 원시시대적인 방법이다'

희망농장 아저씨는 프랑 앞에서 주먹을 불끈 쥔 채 결의를 다짐하는 포스를 취했다. 진희는 로스쿨 앞에서 스터디 그룹이 참여한 사진도 올렸다. 정사각형 프랑 뒤에 10여 명이 엉켜 서서 찍은 사진이다.

─아가씨대단해요.

이 때다, 싶다. 1인 시위하는 남자 사진 한 장을 슬며시 띄우며, 쑥스러움을 내비쳤다.

─그냥, 소개, ㅎㅎ!

─와우!아가씨남친이예요?

새언니가 눈치 빠르게 콕 짚었다.

─미례야, '드디어'냐? 고맙다.

오빠가 고맙단다. 아빠와 엄마에게 이런 식으로 남자 친구를 소개하는 게 좀 죄송했다.

─채식주의자가 된 걸 알립니다. '비건행동주의'와 함께 하기로 했습니다. 친구입니다. 아빠, 엄마! 곧 함께 뵈러 가겠습니다!

─아가씨가요?베지체리언Vegetairian?비건Vegan?

새언니가 두 가지 물음으로 한 가지를 확인하려 했다.

─비건Vegan.

─먼말인지몰르겠다만, 긍게사우될사내아란말이제. 어디고장난디만없으먼다된다이. 아부지는우리딸믿는다이.

−에이, 아빠는. 몸과 맘, 최강!

−어매는니아부지와이하동문이다.

엄마까지 카톡에 속내를 드러냈다.

−어머님, 아버님! 축하해요.

새언니가 엄마와 아빠에게 제대로 띄어 써서 축하를 보낸다.

−우리가족화이팅이다이.

아빠가 띄운 카톡에 오빠와 새언니, 나 또한 엄지 척을 올렸다.

광고도 광고지만, 1인 시위가 촉발한 파장이 컸다. 진희가 추진한 청와대 국민청원의 숫자가 늘고 있다는 기사가 사회면 1단으로 짤막하게 실렸다. 동시에 '3,802인 행동' 명의로 나간 살처분 방식과 관련한 일간지 성명서 내용 요약 그리고, 3,802명+a가 전국 각지에서 동시다발로 벌인 1인 시위 장면이 그림과 박스기사로 떴다. 중앙 일간지 종이매체와 인터넷 언론 모두를 달궜다.

농식품부는 방역정책국 신설을 약속했다. 비인간 동물 감염에 대한 적극 대처를 대통령 직속 기구로 운영하겠다는 국무총리 담화가 곧 있을 거라는 소식 역시 비선을 통해 들렸다. 상시 예방체계, 밀집사육 개편, 백신 접종체계 구축, 자율책임 방역 등 평창동계올림픽 개최를 앞두고 발표했던 AI 방역 종합대책에 덧붙여, '카라'와 '동변', '비건행동주의'에서 내세운 각 지자체에의 가축방역협의회의 참여 보장, 유기축산 유도 및 장려금 지원, AI 반복

발생 지역의 가금류 사육 금지, 배터리 케이지와 스톨 등 모든 사육 틀 제거 법제화, 가축방역 담당자들에 대한 모의 훈련과 정기적 교육 실시 등 현실적인 대안과 문제 해결의 시급성을 촉구하는 일간지 광고 요구 사항을 적극 검토하겠다고 농식품부 장관이 인터뷰했다.

그럼에도, 마음이 눅눅해지는 걸 어쩌지 못한다. 살처분 당해 매장되는 가금류의 영상이 지워지지 않는 탓이다. 3,802만이라는 숫자가 가슴 한쪽 구석에서 떠나지 않았다. 인간 동물의 비인간 동물을 섭취하는 육식문화가 결코 수그러들지 않을 거라는 생각이 솟고라졌다. 반대론자들의 현실적 지적 역시 떠올랐다. 방목 사육 시 육류값이 천정부지로 뛸 거라는 거였다. 사실이다. 결국 서민들의 육류 섭취만 줄게 되고, 가난이 죄냐? 는 항변이었다. 비건만이 해답이었다.

비건을 한 지 오늘로 달포 째다. 체질적으로 큰 변화는 아직 없다. 얼굴에 여드름이 좀 퍼지긴 했다. 나만의 체질인가 보다. 비건만이 답인 건 자명하다. 그 길로 접어들려는 사람들의 의지는 참으로 미미하다. 그 길은 미로이고 험로일 것 같기도 하다. 으스스 몸마저 떨린다. AI든 구제역이든 언제 발생할지 모르는 상시발생국인데, 이제는… 더 깊게, 한기가, 파고든다. 신종 플루에 걸린 건가?

발문
변형되고 조작되는 농촌문제에 대한 집요한 추궁

송태웅(시인)

1

한상준 형을 처음 만났을 때 나는 삼년 차 햇병아리 국어교사였고 그도 국어교사였지만 그 전 해에 있었던 전교조 결성이라는 격랑을 만나 해직된 상태였다. 내가 서른이었고 그는 서른여섯이어서 나도 그도 아직은 들끓는 청춘의 와중이었다.

그는 소설을 쓴다고 했다. 글을 쓰는 열 중에 아홉이 시인인 것이 남도의 특질인데 그는 소설쓰기를 추켜잡고 소설 쓰는 일을 한 번도 중단하지 않았다. 어쩌면 그의 생에서 두 가지가 지금 이순을 훌쩍 넘긴 나이까지 그를 끌어오지 않았나 싶다. 그 두 가지 중 하나는 소설쓰기요, 또 하나는 교육운동이었다.

그가 태어난 곳이 전라북도 고창군 공음면이어서 그는 말투나 음식 좋아하는 습관이나 사고나 다 전라도 서해안 쪽의 역사적,

문화적, 지리적 특성이 농축된 사람이다. 서른 몇 살 때 처음 본 그의 습벽은 그의 나이 예순 중반에 이른 지금까지 하나도 변하지 않았다. 아니, 이제 학교도 그만두고 방해물이 없어져서 그런지 더 노골적이고 더 적극적으로 자신의 생각대로 여생을 밀고 가려고 하는 것 같다.

그는 약간 어눌하지만 자신이 하고자 하는 의도는 분명히 말하는 편이다. 어떤 말을 할 때마다 그는 어떤 부분을 두세 번 반복하는 습관이 있다. "응, 그랬어. 그랬어. 그랬어" 이런 투이다. 그런 걸 보면 나는 늘 그가 아직도 소년다운 천진함을 그대로 간직한 사람처럼 보이곤 한다. 그런 천진함은 가끔 엉뚱한 고집으로 나타날 때가 많기도 하다.

그가 술자리 끝자락이면 으레 부르곤 하는 노래는 몇 곡 되지 않는다. 내 기억으로는 '어부의 노래'를 자기 식대로 약간 편곡하여 불렀는데, 애잔하고 서러운 느낌을 주곤 하였다. '어부의 노래'가 아니면 양희은의 '바다'라는 노래를 부르기도 하였다. '바다'라는 노래 역시 가슴을 찔러오는 애절함을 담아 부르는 것이었다. 그러다, 그가 교감을 할 무렵인가에는 유익종의 '구월에 떠난 사람'이라는 청승맞기 짝이 없는 노래를 즐겨 부르곤 하였는데, 아마도 그 때 그는 교감, 교장이 되어 가족과 떨어져 완도, 여수, 광양 등지로 옮겨 다니며 교육 관료로서의 얼굴로 살아가는 또 다른 형태의 교육활동을 하면서 갖게 된 내면의 갈등과 고독이 쌓여서

이지 않았을까.

그러더니 그가 학교를 그만두고 이미 오래 전에 구례군 문척면 동해마을의 산골짝에 지어놓은 집에 본격적으로 살며 나를 포함한 동생들을 불러 술을 마시며 부른 노래는 양희은의 '꽃병'이라는 노래다. 그리 널리 알려지지 않은 양희은의 근래의 노래를 어디선가 듣고 그의 마음에 꽂히게 된 것이리라.

한상준은 그런 사람이다. 아직 철들지 않은, 아니 철들기를 포기한 소년처럼 뭔가가 한번 마음에 꽂히면 끝내 그 일을 하고야 마는 사람이었다. 그가 전기도 들어오지 않는 웬 산골짝에 집을 짓는다는 소리를 풍문으로 들은 것이 십년도 훨씬 전이었다. 나는 속으로 '저 형이 또 발병했군', 생각하고 말았다. 나도 서울로 광주로 떠돌며 살기 바빴기 때문이었다. 그도 타지를 떠돌며 교육 관료로서의 학교생활을 해야 했기 때문에 그 시절엔 일 년에 한 번 얼굴 보기가 힘들 때였다.

아마 그런 세월이 십년 쯤 흐르고 나도 쉰이 되면서 타향 생활에 지쳐 이것저것 다 포기하고 단념한 채 구례에 오두막집을 하나 얻어 살게 되면서 한상준 형을 다시 만나기 시작했다. 그 무렵 언제였던가, 상준 형의 건강에 문제가 생겨 심장에 무슨 장치를 하는 시술을 받게 되었다. 그러고는 필연적으로 형수의 특별한 '보호 관찰'을 받게 된 형은 동해마을의 산중 집 여기저기를 고치고 전기를 들이고 하더니 순천의 집에서 매일 출퇴근을 하는 것이었다.

그가 완도에 있을 땐가 순천과 완도를 오가다가 무슨 돌집을 보았나 보다. 주변 사람들의 만류에도 불구하고 그는 끝내 고집을 꺾지 않고 돌집을 짓고야 말았다. 순천에서 그리 가깝지 않은 낙안읍성 부근에 산다는 늙은 석공을 데리러 가서 일을 시키고 또 낙안까지 데려다 주는 수고를 그는 아끼지 않았다.

그러더니 언젠가는-일의 선후가 분명치 않지만-목공에 꽂혀서 뿌리공예 하는 목공소에 다닌다며 목공에 필요한 몇 가지 기계들을 사 모으는 것이었다. "재밌어, 재밌어, 재밌어" 하는 예의 진지한 눈빛에도 사람들은 헛웃음을 치기 일쑤였다. 물론, 나도 그들 중 하나였다.

일이 년이 지난 어느 날 상준 형은 또 놀랄 만한 그러나 아무도 놀라지 않을 얘기를 해 오는 것이었다. 이번엔 무슨 재미있는 일이 상준 형을 붙잡았을까? 그것의 이름이 무엇일까? 나는 이 글을 쓰면서도 그것의 정식 이름을 찾아 볼 생각을 하지 않는다. 왜냐하면 나는 도대체 관심이 없기 때문이다.

상준 형이 바다에서 타는 보트 운전을 배우고 있다는 것이었다. 기가 막힌다는 표정이 되어 내가 "형, 그걸 왜 배워요? 배워서 어디에 쓰게요?" 아마 이렇게 말을 던졌을 것이다. 돌아오는 대답은 "그거 좋아, 좋아, 좋아"였다.

이런 그의 다채롭고도 기발하고도 엉뚱한 취미인지 습벽인지 모를 '꽂힘'의 변화들 중 그래도 가장 자연스럽고 대중적이라 할

평가를 받을 만한 변화가 최근에 또 있었다. 그러니까 이번엔 다른 이들의 얼굴을 별로 놀라게 하지 않을, 그나마 매우 쓸 만하고 착실한 분야였다.

그것은 판소리였다. 여름 더위가 맹위를 떨치던 때였다. 동해 마을의 산속집에 구례에 사는 나를 포함한 동생들 셋을 불러 회와 고기 안주로 술을 잔뜩 먹이고 나서 이제 때가 되었다고 생각이 되었던지 단가 '사철가'와 '농부가'를 뽑아내는 것이었다. 순천시 문화건강센터에서 개설한 판소리반에 들어가 소리를 배우고 있다는 것이었다.

나는 오랜만에 상준 형을 마구 칭찬해 주었다. 그놈의 목공인 가, 보트인가에 대한 얘기는 한 마디도 하지 않았다. 형도 오래 전에 잊어버린 듯했으니까. 그렇게 술에 적당히 취해 상준 형이 뽑아내는 소리를 들으며 얼쑤, 그라제 하면서 재미있게 놀았다.

2

그가 가끔 던져준 원고 뭉치나 어느 잡지에 발표된 그의 소설을 읽은 적이 있다. 그 첫 느낌은 그의 천진스러운 또는 천의무봉한 성격이나 습벽의 특징이 고스란히 드러난다는 사실이었다. 하지만 그가 보여주는 문체는 한상준 그 자신만의 독특함이 있었다.

마치 그가 좋아하는 서넛의 노래만을 고수하며 부르던 것처럼, 또한 그가 마음 꽂혔던 목공이나 보트나 판소리에 완고하게 집착해 온 것처럼 말이다. 그러한 그의 취향의 특징은 대중을 별로 의식하지 않는다는 것이었다. 너희들은 그러나마나 나는 좋아한다, 이런 식이었다.

2020년대가 가까워오는 현대의 한국인들이 까맣게 잊어버린, 아니 어디서도 들어본 적이 없는 한국어의 어휘들, 그래서 이제는 한국어 토박이말 사전이나 한국의 속담 사전 같은 데에서나 있을 법한 어휘들과 속담들을, 특히 구수하고 감칠맛 나는 전라도 사투리를 적재적소에 구사하는 그의 소설들은, 아마도 그런 이유 때문에 매우 의고적(擬古的)인 느낌을 주어서 독자들의 접근을 쉽지 않게 하는 요소로 작용할 수도 있다.

단지 농촌을 배경으로만 하고 있는 것이 아니라 농촌을 생존현장으로 삼고 농사일을 하며 살아가는 농투성이들이 벌이는 잡음과 화음과 갈등과 절충과 화해의 얘기들을 풀어놓은 그의 소설들은, 내가 어릴 때 계간 『창작과 비평』에서 읽었던 오유권, 방영웅, 이문구, 송기숙 들의 소설들을 떠오르게 했다. 그들의 소설을 다 합해 놓은 것 같기도 했지만 그들과도 완전히 다른 것이기도 했다. 말하자면 오유권의 서정, 방영웅의 토속, 이문구의 이농, 송기숙의 공동체와는 다른, 한상준만이 추구하는 세계는 '씨앗'에 대한 천착이었다.

한상준이 2006년에 낸 농업·농민소설—그의 표현대로—집 『강진만』 이후, 이번 작품집에서 말하고자 하는 것은 무엇인가? 그는 자본주의가 만개한 후기산업사회에서 농촌과 농민의 소외를 기본으로 깔고 특히 씨앗의 문제를 집요하게 추궁하고 있다.

오늘날의 농민들이 누군가? 21세기 전인류적 화두인 환경과 식량문제를 풀어내는 가장 앞서있는 활동가가 아니런가, 말이다. 어느 농민단체에서는 국가유공자로 대우해줘야 한다는 주장도 내세우지만, 그게 빈말이 아닌 시기가 곧 도래할 것이라고 여기고 있었다.

─ 「그의 블로그」에서 인용

작품 속에서 등장인물이 내적 독백으로 내뱉는 이 말은 실은 지독한 반어와 냉소를 담고 있다는 것을 작품의 맥락 속에서 쉽게 읽어낼 수가 있다. 다국적 종묘사들이 토종씨앗을 모조리 사들여 모종의 유전자 조작을 통해 결국 농민들이 다국적 종묘사들의 한국 내 자회사들이 생산한 씨앗을 살 수밖에 없도록 만드는 과정을 다룬 「그의 블로그」에서 그러한 문제를 심각하게 제기하고 있다.

씨앗은행에 전시, 보관하고자 하는 의도로 우수종이건 비우수종이건 토종씨앗이면 모두를 채집하고 있다고 하지만, 어떤 씨앗들은 그 종묘사에서 '씨말리기(Teminator Technology)'라는, 생식능력을 스스로 제거해버린 자손(Self-Terminating Offspring) 즉 자살씨앗(Suicide Seed)으로 둔갑하여 특허권을 취득한 채 농가에 재유통되고, 급기야 나중에는 그 씨앗을 농가에서 다시는 찾아볼 수 없게 된다는 점에서 심각한 문제를 안고 있었다.

-「그의 블로그」에서 인용

　토종씨앗을 모조리 사들여 결국 자회사의 독점적 상품으로 만들려고 하는 다국적 종묘사들의 행태는 제3세계 민중을 수탈하는 제국주의의 전형적인 모습이다. 다국적 종묘사의 씨앗은행 중간 간부인 작중인물이 농촌마을을 돌며 농민들을 현혹시켜 씨앗들을 사 들이는 과정에서 농민들은 예전처럼 무지하게 나타나지는 않는다.

　"요새는 개 팔어, 염소 팔어 허고 댕기는 치들보다 씨앗 사러 댕기는 축들이 더 많당게. 트럭 대가리에 붙은 스피카에서 대고대고 소리 지르지 않고, 이녁들처럼 쫙 빠진 검은색 자가용 타고 다님서 뒷짐 떡 허니 지고, 내색 없이 대니니께 그러제."

-「그의 블로그」에서 인용

　「그의 블로그」에서 박 노인의 말이다. 다국적 종묘사들이 토종씨앗을 사들이려 암약하는 모습을 꿰뚫어 보고 있다. 다국적 종묘사들이 토종씨앗을 사들이는 모습은 우리가 어디서 본 데자뷰인가. 그것은 〈미션〉과 같은 영화에서 본 것 같지 않은가. 스페인이나 포르투갈에서 파견된 사제들이 남아메리카에 들어가 벌이는 선교 같지 않은가. 결국 다국적 종묘사들의 행태는 제국주의가 제3세계를 잠식하는 것과 완전히 닮아 있다.

최근 일부 정파적 활동가들 사이에서 회자되고 있는 '켐트레인'이라는 것이 있다. 쓴 지 오래된 볼펜이 써 지는가 보려고 하늘에 죽죽 일직선으로 그은 비행운 같은 것을 말하는데, 그 '켐트레인'의 존재를 믿는 사람들은 그것의 실체가 실은 미국의 장난이라고 주장한다. 미국이 우리의 육안으로 볼 수 없는 높이에 비행물체를 띄워 뭔가 약제를 뿌린다는데 재미있는 지점은, 이 켐트레인의 실체를 믿는 사람들의 확신은 거의 신앙적 수준이라는 확고함이다. 미국이 고공에서 뿌려놓은 약제는 결국 지상으로 내려와 토지와 식물들을 병들게 해서 마침내는 미국회사들이 생산한 씨앗과 농약을 사도록 유도한다는 것이다. 믿거나 말거나 수준이긴 하지만—설령 그것이 사실이 아닐지라도—중요한 것은, 왜 이런 이야기가 번지냐, 하는 함유이다. 그것도 신념이 강한 활동가들 사이에서 말이다. 그것은 결국 미국을 대표로 하는 제국주의가 제3세계를 침탈하고 잠식해서 결국 제3세계가 제국주의의 식민지로 전락하고야 말았던 과정을 충분히 학습한 결과물이지 않겠는가.

말하자면 한상준이 이번 작품집에서 말하고자 하는 씨앗문제를 도식화하면 이렇다.

토종씨앗 : 농촌 : 제3세계 = 무기 : 다국적 종묘사 : 제국주의

우리는 아시아, 아프리카, 중남미 등 제3세계를 배경으로 종족 분쟁이나 탄광, 금광에서 일어나는 노동자들의 봉기를 다룬 영화들을 심심찮게 볼 수 있다. 바로 레오나르도 디카프리오가 주연으로 나오는 영화 〈블러드 다이아몬드〉(2006)를 들 수 있다.

아프리카 중서부에 위치한 나라, 시에라리온은 세계 최고 품질의 다이아몬드 생산 국가이다. 1991년부터 11년 동안 서로 광산을 차지하려는 정부군과 반군 사이에 처절한 살육전이 펼쳐진 현장이다. 시에라리온은 1787년 영국에서 해방된 노예들이 만든 국가로 1961년 영국의 식민지에서 독립한 뒤 군사쿠데타와 반(反) 쿠데타가 반복돼 왔다. 세계 최빈국의 하나로 꼽히지만 다이아몬드와 보크사이트, 철광석 등 천연자원 매장량이 많아 잠재력은 풍부하다. 그러나 광물 수출에 따른 부(富)가 몇몇 정부 관료들에 의해 독점되는 등 부패가 극심해 이 같은 잠재력을 제대로 활용하지 못하고 빈부 격차가 심화되면서 국민들의 불만이 누적되었다.

〈블러드 다이아몬드〉의 배경이 된 시에라리온에서 벌어진 일들은 제3세계에서 거의 일반적으로 벌어진 일들이다. 다만 이 영화에서는 배경이 한국에서 시에라리온으로, 씨앗이 다이아몬드로 바뀌어 있을 뿐이다. 이 영화에서 정부군과 반군 사이에 벌어지는 처절한 전투 장면을 보면 정부군이든 반군이든 들고 있는 무기가 다 미국제이다. 이것은 무엇을 시사하는가.

다종다양한 토종씨앗을 통해 지역저항성과 역병력의 증대를 일궈내고 이를 통해서 지역의 기후와 풍토에 적정한 생산체제를 갖춰 곤궁기를 극복했고 민족의 먹을거리를 해소하며 형성되어 온 우리의 오랜 식탁 문화가 현재 어떤 상황에 놓여 있는가를 두고 따지지 않을 수 없었다. 초국적 농식품복합체인 거대자본에 의해 우리의 식탁이 어떤 모습으로 종속되고 있으며 또한 그런 초국적 농식품복합체의 농식품에 맞춰 전래적인 식습관, 우리의 입맛이 어떻게 변화하기를 강요받고 있는가에 대해 피 터지는 논쟁하지 않을 수 없는 것이었다.

―「그의 블로그」에서 인용

1, 2차 세계대전을 통하여 기형적 거인처럼 비대해진 제국주의는 근본적으로 군산복합체를 바탕으로 한다. 그래서 제국주의가 안정적으로 지탱하려면 자국이 아닌 제3세계에서 끊임없이 분쟁이 일어나야 하고, 끊임없이 자국의 제품을 판매하기 위한 시장이 필요하다. 그리하여 결국 분쟁과 판매의 얼굴은 둘이 아니고 하나

인 셈이다.

시에라리온에서 다이아몬드를 둘러싼 정부군과 반군의 분쟁은 영국이라는 제국주의가 남긴 부산물이다. 그 둘의 전쟁에 미국제 무기가 수출된다. 그래서 전쟁이 일어나는 곳에 판매가 있고, 판매를 위하여 전쟁이 일어나는 셈이다. 한국이라고 예외가 아니다. 한국전쟁의 기원이 북한의 남침에 의한 것이라고 일반화되었지만 실은, 미국도 제2차 세계대전 때 쓰고 남은 잉여의 무기와 탄약을 소모해야 할 필요도 있었던 것이다.

물론 한상준은 씨앗 문제가 우리의 농촌이나 우리의 전래적 식습관을 어떻게 왜곡할 것인가에까지만 초점을 맞추고 있다. 작가들은 대부분 자기가 본 세계만 이야기한다. 그러나 그가 본 세계는 더 넓거나 큰 문제로 비화될 수밖에 없다. 이것이 알레고리이고 암유(暗喩)이지 않겠는가. 조세희가 『난장이가 쏘아 올린 작은 공』에서 그러했고, 이문열이 『우리들의 일그러진 영웅』에서도 그리했다.

한국에 시집 온 베트남 여자를 작중화자로 삼고 한국의 농촌을 배경으로 그린 「응엔 티 투이」에서도 씨앗 문제가 주이고, 다른 문제들은 종을 이루고 있다.

"니는 베트남이서 온 KS표제, 그러제, 이?"

투이의 시아버지가 유산각에서 다른 노인과 입씨름을 벌이고 돌아와서 베트남 며느리에게 내뱉은 말이다. KS표란, 아무래도 며느리가 한국 여자는 아니지만 베트남에서 품행이 방정하고 네모 반듯하게 성장한 여자라는 뜻일 게다. 며느리가 베트남 여자이기는 하지만 한국 여자 못지않다는 것이다.

남편이 토종씨앗을 나누는 인터넷 카페의 오프라인 행사에 참여한다고 집을 나가고 혼자 남은 투이는 여러 고민과 갈등에 휩싸인다. 베트남어 채팅 방에 들어가면 베트남에서 온 산업연수생 남자들이 신랑을 바꾸라는 의미인 '심장 바꿔'라며 흘리는 글귀가 난무하기도 하고 실제로 한국 농촌남과 결혼한 지 1년 만에 도망쳐서 도시로 가 식당일을 하며 숨어 사는 베트남 친구가 있다.

베트남에서의 궁핍한 삶이 아니었던들 이곳에 왔겠는가? 다섯 동생들 앞에 두고 입 하나라도 줄여야 했다는 게 한국행 이주여성이 된 주된 이유였다. 한국 남성이 친정에 건네는 지참금 조의 액수가 적지 않아 친정 살림에 안정을 주었다. 드물긴 했지만 한국으로 결혼해 간 동포 여성들이 부치는 생활비 조의 송금은 고국의 가족에게 보탬이 참 넓었다. 코리안 드림의 환상 역시 유인의 한 동력이었다. 남편과는 16살이나 차이가 났다.

－「응엔 티 투이」에서 인용

투이의 내적 갈등이 잘 나타나 있다. 문화적 격차, 남편과의 상당한 나이차 등등의 마음에 걸리는 문제에도 한국행을 택할 수밖에 없는 가장 중요한 이유는 결국 경제적인 문제로 귀결된다. 그런데 투이의 한국행은, 역시 어디서 본 듯한 데자뷰 아닌가.

196,70년대의 한국 농촌, 특히 공장이 거의 없는 호남의 여성들도 경제적인 문제 때문에 서울이나 부산 등 대도시의 공장지대로 '팔려' 가지 않았는가. 그런데 「응엔 티 투이」에서도 한상준은 이주여성의 고민을 씨앗 문제로 연결한다.

잠자리에서 부부관계를 거절하는 남편에게 투이가 묻는다.

"무, 무슨 이유, 지요?"

"뭐…."

남편이 얼버무렸다. 뚜렷한 전제가 떠오르지 않았다. 까닭을 모르니 상의하려 해도 참 난감했다. 남편이 토종씨앗에 관해 열을 내고 모임에 깊숙이 관여해 가는 게 싫지 않았다. 싫어할 이유가 없었다. 관여와 관심의 정도가 깊어갈수록 잠자리에서의 관계 횟수가 줄었다는 어떤 조짐도 감지하지 못했다. 토종씨앗과 잠자리에서의 관계 연관성을 연관해내지 못했다.

―「응엔 티 투이」에서 인용

남편은 씨앗의 기후적응성과 지역역병성을 이겨내는 데에는 생물의 종다양성이 한몫을 하게 되므로 같은 품종이라도 여러 종류의 씨앗이 다양하게 살아남아야 한다고 믿었다. 여기서 종다양성이란 한국 남자와 베트남 여자의 결합으로 태어난(날) 2세를 말한다.

남편이 잠자리에서 부부관계를 거절하는 이유를 남편이 인터넷 카페에 쓴 글에서 확인한 투이는 결국 집을 나서고 만다.

국제결혼에 의한 이주여성과의 사이에 태어난 아이는 토종씨앗의 관점에선 결국 외래종으로 혹은 더 나아가 GMO로 인식하고 있는 게 현재 한국의 민낯이 아닙니까?

- 「응엔 티 투이」에서 인용

가난한 베트남 농촌가정에서 태어나 많은 장애를 무릅쓰고 한국 농촌으로 이주해 와 살아가는 투이는 지금 한국으로 시집 온 베트남 여성을 대표한다. 그런 의미에서 투이는 베트남 이주여성으로서의 전형성을 획득하고 있는가, 되물을 수밖에 없다. 문화적 차이, 남편과의 과도한 나이차, 고부간의 갈등 등이 한국에 시집 온 베트남 여성들이 짐진 문제들이라고 알려져 있다. 그런데 「응엔 티 투이」에서 투이가 겪는 갈등이 남편과의 사이에서 태어날 2세와 GMO 문제로 귀결되는 것은 작가의 관점이 매우 특이하게 반영된 결과물이라 할 수 있겠다.

2015년 11월 14일 민중총궐기 투쟁대회에 참가했다가 경찰이 쏜 물대포를 맞고 쓰러져 서울대병원에서 의식을 찾지 못하다가 2016년 9월 25일에 사망한 백남기 농민의 실천적인 삶과 비장한 죽음을 다룬 「농민」은 오늘날 한국 농민의 삶을 매우 핍진하게 그려내고 있으며 그래서 서정적인 아름다움을 품고 있다. 지금은 이 세상에 없는 백남기 농민은 이 「농민」을 통하여 생생히 부활했다.

그가 아내 박경숙과 잔설이 드문드문 남은 밀밭에 가 밀밭을 밟는 장면은 처연하게 아름답고 장날 농사짓는 벗들과 어울려 막걸리를 마시며 나누는 대화는 매우 사실적이면서도 실천적 농민들의 의분이 잘 나타나 있다.

그는 1980년 5월 서울에서 학생운동을 하다가 계엄포고령 위반으로 징역 2년을 선고 받고 복역하기도 했다. 무엇보다도 그는 농촌을 사랑하는 농민이었다.

결혼하고 3개월 뒤 고향으로 내려온 게 1982년 초였다. 9대째 살다가 할아버지 돌아가시고 10여 년 비워두었던 집 여기저기를 고치고 정착하느라 그럭저럭 1년이 지나 이듬해 뒷산을 개간해 밭 오천 평을 일궜다. 큰애가 초등학교 입학하던 해인 1989년부터 한 해도 거르지 않고 이천오백 평에 우리밀을 심었다. 우리밀 종자 구하기도 어려웠던 때였다.

– 「농민」에서 인용

"여그 기시네. 한참 찾았고만이라. 내리갈 시간이어라, 성님."

동춘 후배다.

"요로케 치열한 싸움이서 베갈기면, 어찌 헌당가."

여기서 밀리면 정권에 무릎 꿇고 말 것 같은 절망감이 밀려왔다.

"내리갈 질이 안 머요."

정권 퇴진과 쌀값 보장을 외치며 상여가 한 발 한 발 나아간다. 상여 메고 나가는 젊은 농민들에게만 앞장서게 할 순 없다는 의지가 솟구쳤다.

"만장은 안 들었어도 따라갈 디까장은 가야 쓰제."

– 「농민」에서 인용

전라남도 보성에서 올라온 그가 돌아갈 길이 머니 이제 돌아가자는 후배의 만류에도 행렬에 끝까지 참여하다가 비장하게 최후를 맞는 장면이다. 농민의 후예로서, 그 당시 서울에서 대학까지 나온 지식인으로서, 독실한 천주교 신자로서, 그는 한국 농촌과 농업 현실에 대해 치열하게 살다 국가공권력에 의해 희생당하고, 영면하였다.

'민주화된 세상에서 백두산에 올라 도라지 타령을 부르자'는 갈망으로 자식들 이름을 도라지, 두산, 민주화라 지은 그는 혼령이라도 백두산에 올라 도라지 타령을 부를 수 있을까.

작금 농촌현장에서 씨앗 문제로 인해 일어나는 알력과 갈등을 사실적으로 그려낸 「푸른농약사는 푸르다」에서도 한상준은 외국 종묘상들이 토종씨앗을 무차별적으로 사들여 유전자 조작을 통해 독점화하는 문제를 추궁하고 있다.

"유전자 조작된 F1 종자에서 받은 F2라면 '푸른농약사'에서도 잘 몰를 수 있었겠지라. 어채피 외국 종묘사들이 우리 토양에 맞게끄름 종자개량을 혀서 내놓으면서 표시를 교묘히 헌다거나, 우리 것인 양 표시 자체를 아예 빼불고 마치 한국의 자사 종묘사에서 품종 연구를 혀서 내놓은 것멩이로 눈 가리고 아웅 허는 판속인 게라."

– 「푸른농약사는 푸르다」에서 인용

소위 터미네이터 처리된 씨앗을 구입해 파종했는데 아예 발아를 하지 않아 낭패를 본 한 씨의 조바심은 씨앗의 유전자를 조작해서 이득을 보려는 다국적 종묘회사의 농간 앞에서 무력한 제3세계 농민의 현실을 희화화하고 있다.

터미네이터 처리된 씨앗이란 그 해에 소출된 생산물로 그칠 뿐, 그 씨앗으로는 다음 해에 파종한다한들 잎이 나오지 않거나 이파리를 틔웠다 하더라도 열매를 맺지 않는 유전자 조작을 한 한해살이 씨앗을 이른다. 특히, 국내 굴지의 종묘사들이 IMF를 겪으며 다국적 기업으로 대부분 넘어간 이후 일반화되어 있는 상황이었다. 다국적 기업화한 종묘사들이 간판은 그대로 둔 채 토종 씨앗 가운데 우수한 품종을 한해살이 씨앗으로 유전자 조작을 한 뒤 표시도 제대로 하지 않고 부랴사랴 팔아대고 있어 토종 씨앗 자체가 절멸 상태로 치닫고 있는 현실이었다.

–「푸른농약사는 푸르다」에서 인용

비유컨대 소비자들에게 익숙한 칠성사이다가 재정 악화로 인하여 대기업인 롯데로 넘어간 뒤에도 여전히 칠성사이다로 판매된다거나 과자의 명문 해태제과가 크라운제과로 인수된 뒤로도 여전히 해태라는 상표로 판매되고 있는 것과 유사하다. 다만 다른 점은, 씨앗의 경우 국내 종묘사들이 다국적 기업으로 인수된 뒤 다국적 종묘사들이 씨앗에 대한 유전자 조작을 통하여 독점적 지위를 점령하면서 막대한 이익을 챙기고 있다는 점일 것이다.

한상준은 토종씨앗의 '절멸'을 그 문제 자체로만 보고 있지 않고 전통적 농촌사회에서 일어날 수 있는 혼란, 즉 아노미(anomie) 현상에 주목하고 있는 것 같다. 물론 이번 작품집에는 유전자 조작으로 일어난 아노미 현상보다는 '토종씨앗의 무차별 매입→유전자 조작→다국적 종묘사들의 독점적 판매' 문제를 추궁하는 데 더 집중하고 있는 듯하다.

양계장을 운영하는 사람을 아버지로 둔 카라(동물보호시민단체) 활동가 차미례의 얘기를 다룬 「차미례의 AI 보고서」에서도 한상준은 조류독감이 양계 농가에 미치는 파장을 추궁하고 있다. 이 작품은 중간 중간에 '1820 → 2258 → 2610 →⋯'라는 숫자들을 소단락화 하여 이야기를 끌어간다. 이 숫자들의 끝에 만(萬)이라는 단위를 붙이며 점점 불어나는 숫자들은 조류독감의 확산으로 살처분되는 닭들로 인하여 양계농가와 동물보호론자들이 겪게 되는 고통 상황을 단계적으로 보여주고 있다.

"비인간 동물 아우슈비츠야, 여긴."

카라 활동가 중 한 사람이 내뱉은 이 말은, 조류독감이 다가오자 예방 차원으로 멀쩡한 닭들을 살처분하는 상황을 가장 날카롭고 상징적으로 비판하는 말이다.

이 작품의 결말 부분에서 나타나는 대안은 인간이 아닌 동물들도 인간과 동일한 생명권을 가지고 있으므로 사육 동물에 대한 무조건적 살처분을 반대한다는 것이다.

지금까지 한상준의 이번 작품집에 실린 단편소설 몇몇 작품들을 일별하며 한상준의 소설 세계를 주마간산 해보았다. 한상준의 소설은 늘 배경을 농촌으로 삼는다. 화려한 산업사회의 뒤안으로 소외되어 있으나 그 산업사회의 중심부인 도시에 쌀을 비롯한 곡식과 채소와 고기 등을 생산해 공급하는 곳이 농촌이다. 전국민의 먹을거리를 생산, 공급하면서도 그 역할을 제대로 인정받지 못하는 농촌이 지금 겪고 있는 곤경을 문제 삼고 그 대안을 생각해 보자는 것이 한상준 소설이 갖는 일관된 주제의식이다.

한상준의 소설은 현재 한국의 농촌이 처한 상황이 매우 비정상이라는 것을 집요하게 제기하고 있다. 씨앗이 갖고 있는 상징성을 통해서 다국적 종묘기업의 수탈 문제를, 시대의 모순에 정면으로 대항했던 한 치열한 농민운동가의 비극적 죽음을 통해서 농촌과 농민의 실상을, 조류독감의 확산을 막기 위해 예방차원에서 대규모로 살처분되는 닭들을 통해서 인간과 동물의 공존 문제를 추구해 온 것이다.

아마도 한상준은 그런 문제들이 상식적 차원에서 합리적으로 해결되기는 어렵다는 것을 잘 알고 있을 것이다. 제3세계 농민들이 요구한다고 해서 다국적 종묘사들이 유전자 조작을 그만두지 않을 것이며, 경찰의 무차별적 물대포 공격에 의해 한 농민이 목숨을 잃었어도 당시의 권력과 경찰 중에서 그 누구도 사과하지 않았다. 또한 조류독감이나 구제역이 발생하면 아직 멀쩡히 살아있는 닭이나 돼지, 소들을 거대한 구덩이에 밀어 넣은 장면을 또 다시 보게 될 것이 분명하다.

한상준 소설에서 농촌은 결코 서정성에 멈춰 있지 않다. 왜냐하면 이런 문제들에 대한 고발과 추궁과 대안이 더 급선무라고 생각하기 때문일 것이다. 그러나 바로 그 지점, 한상준의 시선이 꿰뚫어 보고 있는 그 지점이 농촌과 농업과 농민의 역할과 지위를 인정받게 되는 첫 발걸음이 될 것이다. 그런 의미에서 한상준이 발표하는 일련의 농민소설들은 동시대의 독자들에게 중요한 메시지를 전달하고 있음을 통절히 확인하게 된다.

작가의 말

두 번째 소설집 『강진만康津灣』을 낸 뒤 12년이 지났다. 농업·농민소설로만 이뤄진 『강진만』처럼 이번에도 농업·농민소설만으로 소설집을 내려다보니 세월이 많이 흘렀다. 농업과 농촌 풍경 또한 그 세월만큼의 변화가 있었다. 농촌 인구는 가파르게 감소되었으며 한편으론, 인구 감소의 폭보다 더 빠르게 고령화되어 가고 있다. 『푸른농약사는 푸르다』는 그런 농촌의 모습을 담아내고자 했다. 아울러 농촌이 다시 살아나 일어서는 싸라기만한 움직임이라도 부여잡고 싶었다. 그걸 길러내느라 투여한 시간이 이래저래 길었음은 능력 부족과 게으름이기도 하여 나 자신에 대한 부끄러움과 나무람을 떨궈내지 못한다.

농업·농민소설의 생산력은 현재 우리나라의 출산율보다 더 암울하다. 변방으로 밀려난 지 너무 오래된 판이어서 명맥 유지마저 어렵다. 농업·농민소설 쓰는 작가들이 눈 씻고 둘러봐도 눈에 띄지 않는다. 딴은, 능력 있는 작가들에게서 농업·농민소설 생산을 기대하는 건 무리일 수 있겠다는 생각을 가지긴 한다. 누가 읽어주지 않으니 쓰지 않고 농업·농민소설집 출간은 더 어려우니 당연하다. 인식의 지평이 넓지 않아 농업·농민소설 말고는 쓸 줄 아는 영역이 턱 없이 좁은 나마저 가뭄에 콩 나듯 엮어내는 작업이 그래서 더 안쓰럽고 아프다. 함에도, 어쩌랴. 부족한 글이라도 기꺼이 써내지 않으면 그야말로 산화되어 연기처럼 사라지고 말 지경에 이르렀거늘 사각의 모서리에서라도 줄 부여잡은 채 버티고 있어야 그나마 금 밖으로 밀려나지 않을 터이다. 농업·농민소설이 한국문학 안에서 주검으로 관속에 눕혀 못질 당해서는 아직은 더욱이나 아니 되기에, 목감기에 걸려 쉬고 칼칼해진 목소리로라도 여전히 외쳐대는 길밖에 없다는 걸 절절이 느낀다.

귀농과 귀촌이 그동안 이뤄졌고, 지금도 적지 않은 사람들이 농촌으로 오고 있다. 내가 지리산 건너편 백운산 끝자락에 놓인 오산鰲山의 어느 귀퉁이에서 푸성귀 길러먹고 유실수 몇 그루 심어 가꾸는 허름한 집이 있는 전남 구례는 귀농·귀촌 하는 사람들이 방과 집을 구하기가 여의치 않다는 소식을 듣기도 한다. 아쉬운 현상이면서 또 한편으론, 반가운 소식이기도 하다. 젊은이들이 농촌으로 와 살게 되면 농촌이 젊어지니 얼마나 좋으랴. 설령, 전환적 삶을 살기 위해 온 사람들이 혹여, 도시적 습속을 아직 다 내려놓지 못했다손 해도 그네들은 겸손하고 보기에 좋다.

도법 스님이 농촌인구 1,000만 시대를 갈구하며 일찍이 함성하였으나, 난망하다. 500만 시대라도 다시 온다면 그지없이 좋으리라. 아니, 지금의 농촌인구가 더 감소하지 않는다고 한다면 그나마 명맥만은 어찌어찌 지켜갈 수 있을 듯도 하여 염원하지만 많은 사람들이 누누이 외쳐대듯이, 지금 우리네 농촌은 곧 사라지고 말 위기 앞에 놓여 있다. 농업을 일으켜 세우겠다는 논리와 말만은 하물며 무성하다. 땅과 농민을 앞세우지 않은 논리와 말은 괴변이고 헛말이다. 지금까지 수십 조 원을 투입했지만, 말짱 꽝인 건 제도로 승부를 건 아둔한 농정 탓임을 부정할 수 없다. 농정 부재의 한국농업을 그나마 소수의 젊은 농사꾼들이 붙들고 나서고 있는 모습은 아름답다. 그들에게 희망 있으라! 내 아들이 농사를 지었으면 좋겠다는 생각을 나는 일찍부터 해오고 있다.

일곱 편 중 네 편은 '씨앗이야기1-4'를 부제로 달고 발표했었다. 이번 작품집을 내면서 부제를 뺀 건, 인간사와 자연사가 그리 다르지 않다는 생각에 이르러서이다. 토종씨앗도 들여다보니, 아주 오래 전 이 땅에 전래되어 토질에 적응하고 지역과 기후, 입성에 맞는 우리 씨앗이 되는 과정을 거쳐 토종씨앗이 되었으니,

이제 새로이 들어오는 씨앗 역시 세월이 흐르고 흘러 우리 고유의 씨앗으로 발아하게 될 터이다. 화학적 변형을 통해 만들어진 GMO 등은 씨앗이라는 개념으로 만날 수 있는 존재가 아니므로 아예 디아스포라적 은유를 담고 있지도 않다. 인류의 노마드적 디아스포라가 21세기 인류문명의 발전과 영욕을 담보하고 있느니, 이제 씨앗 자체가 디아스포라임을 깨닫게 된 건 내게 큰 소득이라, 자답한다.

오랜 동안 책상머리에 앉질 못했다. 아니, 앉지 않았다. 멍 때리며 나날을 보내는데 참으로 평온했다. 일터에서 놓여난 후부터 내게 찾아온 평안함을 한껏 누리고 있다. 특히, 소소한 일거리 삼아 올 봄, 벌통 하나를 들여놓으면서 일주일에 한두 번 벌통 들여다보는 일이 주는 즐거움이 소소하지 않았다. 농민이 되길 염원했던 젊은 날의 꿈에 한 걸음 다가선 듯하여 분주한 벌의 움직임을 보면서 지그시 흐뭇한 웃음을 머금곤 했다. 겨울이 된 지금, 그 벌통을 제대로 간수하지 못해 망쳤다. 말벌과 애벌레를 막아주지 못한 게으름과 무지 탓에 겨울을 나지 못하고 벌통을 비우게 되어 참으로 애석하다. 내년 봄에는 더 잘 보살피겠다는 다짐을 해본다.

구례 오산 자락에서 한상준